講談社文庫

警視庁鉄道捜査班

鉄路の牢獄

豊田 巧

講談社

警視庁鉄道捜査班

鉄路の牢獄

豊田 巧
Takumi Toyoda

contents

0001B 魔のカーブ …… 5
0002B 上野《うえの》駅13・5番線 …… 21
0003B 容疑者の遺留品 …… 35
0004B ミリタリーマニア …… 56
0005B 消えた被害者女性 …… 82
0006B 9ミリパラベラム弾 …… 115
0007B 挑戦 …… 142
0008B 汚名返上 …… 153
0009B 奔走 …… 203
0010B 拝島駅 …… 245
0011B サブマシンガン乱射 …… 282
0012B 想い …… 311

この小説はフィクションであり、
実在の人物や団体などとは一切関係ありません。

0001B

魔のカーブ

大崎《おおさき》へ向かって走る湘南新宿《しょうなんしんじゅく》ラインの特別快速が西大井《にしおおい》駅を、かなりのスピードで通過し、右側の横須賀《よこすか》線の線路を勢いよく斜めに横切った。

ガガン！　ガガン！　ガガン！　ガガン！

床下からハンマーで叩《たた》かれるような音が連続すると同時に車体は一旦左へ傾き、さらに乗客をはね飛ばすように今度は右へ大きく傾いた。

扉近くに立っていた捜査一課・特殊犯捜査第四係所属の女性刑事、稲沢玲奈《いなざわれいな》巡査長も大きくバランスを崩してしまった。

「あっ！」

小さな声をあげた稲沢は、右足をバシンと一歩前へ出しながら、左腕に持っていたタブレットパソコンを落とさないように咄嗟《とっさ》に胸に抱え込む。

大切にしているタブレットパソコンを守ることはできたが、稲沢は左肩を扉横の手すりに思い切り強打してしまった。

稲沢は上司である吾妻《あがつま》警視より各所轄に属する鉄道警察隊の記録集めを命じられ、武蔵小杉《むさしこすぎ》駅を管轄する中原《なかはら》署から資料を受け取り、次の大崎署へ向かっている最中だった。

「痛っ……」

顔をグッとしかめている稲沢に、反対側の扉の前にいた紺のスーツを着るサラリーマン二人組のぼやく声が聞こえてくる。

「本当によぉ〜。湘南新宿ラインは、よく揺れるんだよなぁ。しかも、ここは毎回すげぇんだよ」

二人はここで大きく揺れることを知っていたようで、しっかりと手すりを握っていた。

「新型車両を投入とか言ってんのに、乗り心地は、あんま良くならないっすよねぇ〜」

若いサラリーマンが笑いながら答えた。

稲沢は体をよじりながら体勢を立て直し、左腕にタブレットをしっかり抱きながら、右手で手すりを強く握った。

床は手漕《てこ》ぎボートの中で立ち上がった時のように、不安定にフワフワと上下左右に動いている。

右に向かって遠心力が大きくかかる。

急に左カーブに入ったことで、床下からはキィィンという激しい金属音が鳴り続けた。

車体はギシギシとカーブ外側へ向かって揺れる。

カーブ出口付近で一気にブレーキがかけられ、同時に女性の機械アナウンスが流れた。

《次は大崎……大崎です》

減速によって床は再び上下左右に波打つ。

その揺れは豆腐かゼリーで作られた車体の上に乗っているようだった。

その時、線路脇に張られていた一張のテントが左の車窓からチラリと見える。

「あれは……慰霊碑？」

線路脇には幅一メートル程度の石碑が作られ、そこでは近々何か行事が行われるのか、スーツを着た人たちが、椅子《いす》を並べたり幕を取り付けたりと慌ただしく動いているのが見えた。

淡々と流れていく車窓を眺めていた稲沢は、六年前のことを思い出す。

「もしかして、このカーブって『湘南新宿ライン脱線事故』があったところ？　そろそろ……七回忌くらいか……」

このカーブで『湘南新宿ライン脱線事故』が起きた。西大井方面より進入した列車がカーブを曲がり切れずに外側に脱線し、地下トンネル出口のコンクリート壁に激突したのだ。

被害は帰宅時のラッシュだったこともあり重軽傷者が七百五十六名も出たが、死者はコンクリート壁との間に挟まれて死亡した運転士だけだったことが、不幸中の幸いと連日報じられた。

当時高校生だった稲沢は、事故の映像をテレビで見ただけだったが、脱線した列車がカーブ外側にズラリと並んだ映像はかなりの衝撃で、鮮明に記憶していたのだった。

列車はカーブを抜けて大崎へと入る。

十時四十九分に横浜《よこはま》を発車した特別快速が、大崎に到着したのは十一時八分。

大きなブレーキ音をたてながら列車は停車し、ドアからはプシューと空気の抜ける音がする。

扉が開くと、勢いよく客がホームへ出ていく。下車する客をドアの左右で待つホーム の客。

木曜日の昼近くとは言え、山手線《やまのてせん》との乗り換え駅になる大崎はたくさんの客でごった返していた。

大崎署へ向かう稲沢も、ここで下車する。

湘南新宿ラインの到着した8番線の向かいは、埼京線《さいきょうせん》の大宮《おおみや》方面向けの7番線。

そこに列車はなく、客が各所に列を作って到着を待っていた。

屋根から下がっている列車案内板には、遅れを知らせる文字が右から左へ流れていく。

「埼京線は三分ほど遅れが出ているのね」

その瞬間、ホームに女性の声が大きく響く。

「この人！　痴漢ですっ!!」

「痴漢!?」

稲沢は反射的に女性の声のしたほうを振り向く。

女性は周囲に大きなつばのついたキャペリンと呼ばれるハットを被《かぶ》っていたので、

稲沢は顔をハッキリと見ることができなかった。

女性の前に立っていたのは黒縁眼鏡をかけた神経質そうな男。多くのポケットがついた緑のカーゴパンツを穿《は》いたその男は、目を大きく見開き両手を左右に振る。

「なっ、なに突然そんなこと言ってんだ、あんた？　おっ、俺が痴漢なんてやるわけねぇーだろ！」

男は額から汗を流し、顔を真っ赤にして必死に弁解する。

被害者女性は背が高くてスタイルがよく、上に黒いジャケットを羽織り、黄色のミニスカートを格好良く着こなしていたので、モデルでもやっているのかと稲沢は思った。

ホーム上にいる全ての人の視線が男に集まり、一瞬で「あいつが痴漢したらしい」という雰囲気が作り上げられる。

「電車の外へ出る瞬間に、私の胸を触ったのよ、この男！」

女性は左腕で大きな胸を守るように隠し、右手の人差し指を力強く伸ばす。

「おい！　おい！　おい！　お前、どうしてそんなことを言い出すんだ!?」

男はかなり戸惑っているようだった。

「どうかされましたか？」

すぐに近くにいた駅員が駆け寄る。

「駅員さん、この人痴漢だから警察を呼んで！」

「はっ、はい。分かりました」

女性を守るように駅員は男の前に立ち、

「駅員室で少しお話を聞かせてもらえませんか？」

と、言ってジリジリと間合いを詰めていく。

「おっ、俺はそんなことしてねぇって……。なっ、なんで俺がこんな目に遭わなきゃなんねぇんだ!?」

男は距離を詰められないようにと、後ろへゆっくり下がり始める。

焦点は定まらなくなり、キョロキョロと必死に動かし始めた目から、男は逃走ルートを探し出したように思えた。

稲沢は黒いトートバッグにタブレットをしまう。

ここは後ろ側へ移動しておくべきね。

痴漢騒動によって人が周囲に集まってしまったので、ホームを歩いて男の背後へ移動するのは難しそうだ。

ならばと、駅員が男に迫っていくのを横目で見ながら、稲沢は8番線に停車中の湘南新宿ラインの車両内を歩く。

稲沢が背後へ回り込んで退路を断とうとしたのは、男が線路内へ立ち入るかもしれないと考えたからだ。

最近の痴漢事件では容疑者が駅員の制止を振り切って線路へ飛び降り逃走することがある。

実際、痴漢を疑われた者が線路へ逃走するという事件が、首都圏だけでもここ一ヵ月で十件程度確認されている。

容疑者が線路に降りてしまったら、ホーム上に設置された列車非常停止ボタンを押して、周囲を走る列車を全て停車させなくてはならない。

無論、そんなことになれば多くの客に多大な迷惑がかかってしまうだろう。

その点を懸念していた。

「ですから、とりあえず駅員室でお話を……」

駅員が取り繕った笑顔でさらに近づいていくと、顔を強張らせた男は、距離を縮められないようにとゆっくり後ろへ下がる。

「ちっ、近寄んなよっ！」

対峙《たいじ》する二人の背後には携帯カメラを向ける客の壁が作り上げられつつあった。

「なんだ？　どいつが痴漢やったの？」

「俺のSNSで生中継するぜぇ〜」

駅員と男の対決がどうなるのか、客らは面白がって見つめている。

「ここではなんですから、すみません、あちらで――」

駅員のセリフを遮るように、ホームには列車の到着を知らせる放送が響く。

《まもなく7番線に川越《かわごえ》行きの埼京線快速電車がまいります。当駅到着は五分程度の遅れでございます。お急ぎのところ大変申し訳ございません》

そのタイミングで稲沢が男の背後となるドアからホームへ降り立った。

騒ぎが大きくなる前に、素早く容疑者に観念してもらうべきだと考えた稲沢は、胸元に手を入れ内ポケットの警察手帳を取り出して開く。

「すみません、警察の者ですが」

稲沢はあまり声を張らず淡々と言った。

その瞬間、ホームには正義の味方でも登場したかのように『おぉ〜』とどよめく声が聞こえる。

「けっ、警察!?」

男は首だけ回して聞き返す。

「痴漢事件ですね？　少しお話を聞かせてもらっていいですか？」

相手を興奮させないようにと静かに訊《たず》ねた。

警察手帳下部に輝く金の逆三角形のバッジを見た男は、目を大きく見開き、眉間《みけん》に大きなシワを寄せながら驚く。

「けっ、警察!?　どうしてこんなに早く!?」

稲沢は顎《あご》でクイッと8番線の列車を指す。

「この列車に乗車していたものですから」

あまり表情を変えることなく淡々と答えた稲沢は、警察手帳をパタンと閉じて丈夫な紐《ひも》を手繰《たぐ》るようにしてポケットへしまう。

「えっ、警察!?」

少し驚いたような声をあげたのは、「痴漢された」と言っていた女性だった。

どうしてそんなに驚くのだろうか？　普通なら被害者は女性警察官に、「そいつが犯人よ。早く逮捕して！」と懇願することが多いのに……。

被害者女性の反応に稲沢は少し違和感を覚えた。

その女性は顔を伏せるようにして、ブツブツ呟《つぶや》きながら駅員の背中へ隠れてしまう。

キョロキョロと目を動かす男に稲沢は、観念させるべく声をかける。

「もう逃げられませんよ」

前は駅員、後ろは稲沢、右側には列車によって作られた長い壁があり線路への逃走も不可能になっている。

「くっ、くそぉ〜ハメやがったな……」

男は被害者女性を睨《にら》みつけた。

興奮し始めた男の目は赤く血走り、体を大きく上下させるくらい息遣いは荒くなっていく。

男は震える右手で女を指す。

「その女も逮捕するんだろうな!?」

「何を言っているのですか？　彼女は痴漢を訴えた被害者ですよ」

稲沢が戸惑いながら聞くと、男は周囲から投げかけられる疑いの目を打ち払うかのように、両手でバツ印を作った。

「ちっ、違う！　そうじゃねぇんだ！」

稲沢は男が落ち着くようにと冷静な口調で諭す。

「今は微物検査……繊維鑑定があるから、たとえ駅員室に行ったとしても、すぐに逮捕とはならないわ」

「微物検査!?」

駅員と稲沢にジリジリと距離を詰められた男は、車両を背にして交互に目を走らせ始めた。

稲沢は男の目をじっと見つめながら話し続ける。

「鑑識採証テープっていう特殊なテープを使って、あなたの指や手のひらに女性の衣服と同類の繊維がついていないか調べるのよ。テープを顕微鏡で調べれば、繊維の素材や色が分かるわ。素材なら約十種類、色は千色くらい判別できるはずよ」

だが、男は右腕を右から左へ大きく振り払い、稲沢の言葉を打ち消すように叫んだ。

「そんなんじゃ俺が本当に痴漢やったかどうかなんて、証明できるわけねえよっ！」

ブルブルと震える顔を左右に振りながら続ける。

「ここでノコノコ駅員室へついていきゃ、けっ、警察に証拠をでっち上げられて、無実の奴でも痴漢犯罪者にされちまうからなっ！」

「そんなことしませんよ」

「おっ、俺は知っているんだぞ！　痴漢容疑者は何を言おうが全員有罪にするってな！」

大きく見開いた目で稲沢を睨みつけながら男は叫んだ。

7番線には、遅れて入線してきた埼京線の快速電車が迫ってきていた。

すぐに観念しない男の姿に、稲沢は「逮捕歴でもあるのだろうか？」と感じた。

そんなことを考えていた稲沢が、ふっと駅員の後ろに目をやると、さっきまで立っていたはずの被害者女性が見えなくなっている。

周囲にはさらに人が集まり、多くの客の目線と携帯カメラが男の体を焼くように貫いた。

女性はどこへ……？

稲沢が男から、ほんの少し目を離した瞬間だった。

「あぁぁぁぁぁぁ！　どけぇ——!!」

何を考えたのか？　男はまっすぐ7番線へ向かって逃げ出した。

カメラを向けていた客に肩から突っ込んだ男は、足をもつれさせながらも倒れずに走る。

「止まりなさいっ！」

稲沢が男と並行するように追うと、

「お客様！　待ってください」

と、駅員も驚いた顔で7番線へ向かって移動する。

男の前後にいた稲沢と駅員が並走するのだから、ホームから逃げ出すことはできないはずだった。

男はもう完全に袋のネズミなのだ。

それに大崎駅のホームの幅は五メートル程度。

すぐにホームの端が迫り、男はあっという間に黄色の視覚障害者誘導用ブロックを越えてしまった。

嫌な予感が走った稲沢は思い切り叫んだ。

「止まりなさい！」

ブロックでつまずきバランスを崩した男は、振り向きざまに左の口角だけを上げて、薄気味悪い笑みを浮かべる。

「俺はなぁ……二度と痴漢じゃ捕まらねぇんだ」

そして、男は躊躇《ちゅうちょ》することなく、7番線ホームから線路へ向かって飛んだ。

黄色い線で止まった稲沢は、目を見開いて叫ぶ。

「止まって――!!」

稲沢の叫びは埼京線快速列車の放った警笛《けいてき》に打ち消される。

ファアアアアアアアアアアアアアアン!!

ドスンと鈍い音と共に男は車両正面に激突、すぐに弾き飛ばされて前面下方へ落下した。

男が落ちた辺りを列車が通過。

キィイイイイイイイイイン！

耳をつんざくようなブレーキ音が駅構内全体に響き渡り、埼京線の列車は一気に減速していくが、時は既に遅い。

一番近くで見ていた稲沢は、瞬間的に男が助かることはないと悟った。

列車が停車すると、客の誰かが非常停止ボタンを押したのだろう。

ビィイイイィとブザー音がけたたましく響き出す。

あまりにも音がうるさくて、駆け寄ってきた駅員とは大声で話さなくてはいけなくなった。

「おっ、お客様は!?」

稲沢は首を横に振る。

「列車に轢《ひ》かれたと思います」

「そうですか。分かりました。では、すぐに処理に入りますので……」

駅員は唇を嚙《か》みながら停車した列車の先頭へと向かって歩いていく。

ゴクリと唾を飲み込み、稲沢はホームと列車のすき間からレールを覗《のぞ》き込んだ。

「なっ、なに……これ……」

レールの下に敷かれた枕木や石は全て血に染まっていた。

「うっ……」

その瞬間、稲沢は胃の奥からこみ上げてくるものに襲われた。

0002B

上野《うえの》駅13・5番線

吾妻は13・5番線に停車しているリゾートトレイン「扶桑《ふそう》」に向かって、カシャリとシャッターを切って満足げな笑顔を見せる。

「あれが警護対象の『扶桑』ですか？」

只見《ただみ》巡査部長は吾妻の横に立ち、少し皮肉を込めて言う。

まだ、二十五歳と若い只見は、今日もカーキのカーゴパンツに茶の革ジャンというミリタリーファッションだった。

「東日本の誇るリゾートトレインだ」

只見は細くて白いラインの入った紺のスリーピース・スーツ姿の吾妻が抱える長いレンズの大きなデジカメに目を落とす。

「警視。そんな大きなレンズの刺さったカメラを持って扶桑の周囲を歩いていたら、撮り鉄と思われて駅の警備員に呼び止められるかもしれませんよ。それに、こんな仕事に警視自ら来なくてもよくはありませんか？」

一月の上野駅の構内は寒く、吐く息は白い。

只見が口角を少し上げながら言うと、鉄道に関する事件のみ取り扱うことから「鉄《テッ》班《パン》」と呼ばれる特殊犯捜査第四係責任者の吾妻警視はニヤリと笑う。

「いやいや、テッパンの責任者として新型車両の構造を、しっかりと把握しておかなくてはならないだろう？」

嬉《うれ》しそうな顔で吾妻はファインダーを覗き込み、本日、数百何回目となるシャッターを切った。

「それは単なる趣味ですよね？　警視」

吾妻はわざとらしく咳払《せきばら》いをする。

「扶桑の客はＶＩＰが多いはずだ」

「確か……運賃はかなり高額だと聞きましたが」

只見は少し首を上へ向ける。

「三泊四日コースで最高の扶桑スイートに泊まれば、一人九十五万円×二人分だと、百九十万円ってことになるね」

「一回列車に乗るだけで、約二百万円すか!?」

あまりの金額に驚いた只見は、思わず同僚と話すような口ぶりで言ってしまった。

「ちゃんと四日間、豪華料理が付くよ」

「それにしたって軽自動車二台分……いや俺の年収半分を四日で使うなんて、絶対ありえないですよ。そんなに金出す奴なんているんですかねぇ？」

吾妻はフッと笑う。

「扶桑の運行開始から最初の二ヵ月間に、予約可能だった部屋はのべ『百八十七室』。だが、予約応募総数は『千二百三十四件』。つまり、競争率は六・六倍というすごさだったからね」

「なんか俺の知らないところでは、景気がいいみたいですねぇ」

呆《あき》れる只見に吾妻は続ける。

「そんな運賃を払える客が三十名以上も乗り込む列車だ。であれば、今後、誘拐や強盗を目的とした者が乗り込むこともあるかもしれない。列車がテロリストに占拠されてから対策を考えていたのでは対応が遅くなるだろ？」

「……はぁ」

「なんだか只見君は『そんなことはないと思いますよ』という顔をしていますね。ですが……」

吾妻がさらに説明を続けようとしたその時、扶桑の巡回からテッパンの一員である大村《おおむら》巡査部長が戻り、首を十五度ほど傾けて、軽く会釈《えしゃく》する形で吾妻に向かって敬礼する。

三人の前にイタリア系スーツを着た四十代くらいの男と、派手な赤い服の若い女が、腕を組みながら現れ、扶桑のユニフォームを着たアテンダントに切符を見せて黒い門を通っていく。

「ああいった客を相手にするにゃあ、今までみてぇなブルートレインじゃダメってこったな。俺は～昔ながらの夜行列車が好きだけどよっ」

五十半ばまで刑事を続けた深くシワが刻まれた顔で大村は微笑《ほほえ》んだ。

「警視、この列車が将来テロの対象になるかもしれないっていうのは分かりましたが、どうして俺たちが列車の警備に駆り出されなきゃならないんですか？　仮にも捜査一課ですよ、特殊犯捜査第四係は……」

只見がぼやくと、大村は「しょうがないだろ？」って顔をする。

「扶桑を撮影しようとして立ち入り禁止エリアに入り込む鉄道ファンとか、切符もねぇのに乗り込もうとする輩《やから》が出ているんだから」

大村はグレーのスーツのポケットに両手を突っ込みながら、門の向こう側に停車していたシャンパンゴールドに輝く車両を見つめた。

確かに駅のどこからも、この列車は見られないな。

吾妻はホームの入り口に立つ真っ黒な石で作られた頑丈そうな壁と、セレブな家の門に付いていそうな観音開きの華麗な門扉を見て思った。

「あんなことをするから、鉄道ファンが立ち入り禁止エリアに入るんじゃないですか？」

只見の問いに大村はうなずく。

「あの門から向こうへ行けるのは、扶桑に乗車する客だけっつうことだからな」

扶桑は今までのブルートレインと比べると、客の扱いも駅での対応も格段に違う。

かつて13番線と呼ばれたホームは正面の門以外から入ることはできず、一本左側の14番線には回送と表示された普通列車が停車していて、こちらからも見ることはできなくなっていた。

只見が右を向くと、ベージュのスーツを着た男が、数人の取り巻きを引き連れながら、こちらへ歩いてくるのが見えた。

「ああいった人じゃないと、扶桑には乗れないってことですね？」

吾妻はすっと目を細めて男の顔を見つめる。

「いや……あれは……」

男は上部だけ黒いフレームのある眼鏡をかけ、髪は短めに整えられている。

どこかであつらえたと思われる細めのベージュのスーツは、自分がいつも買うような店のものとはまったく違い、高価な生地を使用しているように見えた。

無論、服だけではなく体もしっかり絞られており、細身のスーツが似合う均整の取れた体つきだった。

男がやさしそうな笑みを浮かべながら右手を挙げると、近くにいた扶桑のスタッフは全員一斉に頭を下げる。

「あの人、扶桑関係の偉いさんなんですかね？」

「あれは、鉄道事業本部長の北王子《きたおうじ》さんだよ」

吾妻はそこで大村が、鋭い目つきで北王子本部長を追っていることに気がつく。

「どうしたんです？　大村さん」

「いやぁ～警視。あの男、テレビで見たことがありそうな気がしまして……」

大村に向かって吾妻はうなずき、答えた。

「北王子さんは鉄道業界ではかなりの有名人だからね。『経済最前線』なんかでも密着取材されたこともありますよ」

　一方、只見は意外なことを言い出した。

「おっ、あのスイス製の腕時計は、かなりのもんですよ！　俺も腕時計は好きで高級時計店に実物を見にいったりしているんですが、あのデザインの奴はカタログでしか見たことありませんね」

「お前はどこに興味を示しているんだぁ？」

　大村は呆れながら只見を見る。

「かなり高級ってことかい？」

　吾妻が聞き返す。

「そうですね〜円高ぎみの時で、一本二百万ってとこでしょうか？」

「二百万の腕時計ねぇ。まったく俺の知らねぇところで、またバブルが来てやがるみてぇだなっ」

　大村は不機嫌になった。

「北王子さんはここ最近の会社経営においてかなりの功労者だから、会社としても高給を出しているかもしれないね」

　吾妻はうなずくと、只見が横を向く。

「最大の功労者？　利用者数が伸びるようなこと、北王子さんがしたんですか？」

「十年前くらいに車両設計の責任者をしていた北王子さんは、省エネ車両を作ることで会社に大きく貢献したんだ」

そう聞いても只見にはピンとこないようだった。

「省エネ車両ってことは、あまり電気を使わずに走るってことですか？　警視」

「まぁ、大雑把《おおざっぱ》に言ってしまうと、そういうことさ。運輸車両部、車両技術センターで列車製作の責任者だった北王子さんは、今まで使用していた国鉄系の車両の入れ替え用として、現在主力として使用している通勤用車両を開発したんだ」

「あ〜あいつらですか……」

大村は何か嫌なことを思い出したようで、さらに渋い顔になった。

「北王子さんは新型車両の開発に当たって『重量半分、価格半分、寿命半分』をコンセプトに掲げて開発したってことだ」

「全てを一気に半分にするなんて、すごいですね」

只見は微笑む。

「重量が半分になれば電力消費を大幅に少なくすることができるし、メンテナンス性を向上させれば整備にかかるランニングコストも抑えられる」

「そんな便利な車両が、今までの半額で手に入るわけでしょ？　そりゃ〜会社に大貢献になりますよね！」

「だが、寿命が半分になっちまうんだぞ」

大村は不満そうに言い放つ。

「それもいいことじゃないですか？　客だっていつまでも古い車両に乗せられているより、ピカピカの車両にいつも乗れたほうがいいでしょうから」

「ピカピカの車両ねぇ……」

只見はにこやかに笑う北王子を目で追う。

「そんな斬新な省エネ車両を設計したから、北王子さんは出世して本部長になったわけですね」

同じように北王子を見つめる大村の目は只見と比べると少し厳しい。

「ですが、あの大崎での『湘南新宿ライン脱線事故』を起こしちまった車両も、そんな省エネ車両の一つじゃありませんでしたか？」

「あれは……六年前くらいですか？　俺、確か……まだ大学生でしたよ」

只見が呟くと、大村は少し寂しそうに笑ってから肩を落とす。

「俺には忘れられねぇーよ。あれは一月二十八日十九時四十二分……」

そこで、大村は思いついたように呟く。

「おっ……六年前の明日だな」

「確か、前の駅でオーバーランしたことがキッカケで列車の出発が遅れたんですよね。その列車遅延が査定に響いて運転業務から外されると焦った運転士が、かなりの速度超過でカーブへ突っ込んだのが原因じゃありませんでしたっけ？」

大村は「そうじゃねぇ！」と強く否定しながら続ける。

「最初の頃の報道で『鉄道好きな運転士が、運転業務から外れたくなかったから、飛ばして事故になった』って大衆が大喜びしそうなニュースが流れちまったから、みんなそう思っているが……運輸安全委員会の出した答えは違っていたんだ……」

「確かにね」

吾妻が言うと、只見は聞き返す。

「何が本当の原因だったんですか？」

「僕も運輸安全委員会から出た報告書はかなり読んだが、結局のところ原因は『よく分からない』となってしまっている」

「死者まで出しているのに、『よく分からない』で終わりなんですか？」

「確かに運転士は制限速度が時速七十キロの大崎駅手前のカーブに、時速百十一キロで進入しているが、鉄道関係者によると『国鉄時代に作られた路線は、そのくらいの速度超過は考慮してある』と証言している……」

吾妻はふぅと鼻から息を抜く。

「つまり、脱線の原因は運転士による速度超過ではないと？」

「だとすると、他に原因があるはずなんだけどね。現場からはその時出ていた諸説を裏付けるものが、結局、何も出てこなかった」

只見は不機嫌そうに黙っている大村を一度だけチラリと見ながら聞く。

「車両のほうに問題はなかったんですか？」

吾妻は顎に手をあてる。

「そういう報道が流れた時もあったが、最初についた事故に対するイメージが『運転士のミス』ってことになってしまっていたからね」

「なんだか釈然としない話ですね」

そんな三人の前をにこやかに笑う北王子本部長が、二十名くらいのスタッフを連れながらゾロゾロと通過していく。

「じゃあ、みんな扶桑のことは任せたよ。お客様はどの方もＶＩＰだから、対応には細心の注意を払うようにね」

北王子に爽やかな笑顔で言われたスタッフらは、『はい！』と大きな声で一斉に返す。

「北王子本部長。明日の式典ですが……」

横を歩く秘書らしき女性が聞く。

「あぁ、七回忌には出るから、スケジュールを調整しておいてくれ」

「分かりました！」

そのまま、集団は中央改札へ向かって歩いていく。

中央改札の向こう側には、建て込みが始まっているイベントスペースが見えていた。

幅十メートルほどの舞台にはシルバーのトラスによって屋根が組み上げられ、上部には黒い照明機器が吊《つ》られていた。

吾妻はイベントスペースに目を向ける。

「扶桑が走り出して無事半年を迎えたということで、来週の月曜日にはマスコミ相手のイベントをやるそうだ」

そう聞いた只見は、はぁとため息をつく。

「じゃあ、この警備任務は、少なくとも来週の月曜日までは続くってことですか？」

「このまま事件がなければ……だがね」

そう言いながら吾妻が微笑んだ時、大村の携帯がブゥンとポケットで振動する。

携帯を出して液晶画面を見た大村は、すっと真面目な顔になった。

携帯に耳をつけた大村は、静かに「ハイ」と何度か返事をしてから、

「では、すぐに本庁へ戻ります」

と、最後に言って携帯を切った。

「何かありましたか？　大村さん」

吾妻と大村は会話しながら京浜東北線《けいひんとうほくせん》南行きホームのある4番線に向かって足早に歩き出す。

「稲沢が捕まえようとした痴漢容疑者が、列車にはねられたようです」

「マグロですか？」

吾妻は鉄道業界の隠語で聞いた。

「タタキになってしまったようですよ」

「……そうですか」

「大丈夫でしょうか？　稲沢の奴」

心配そうな顔で大村に聞かれた吾妻は、首を傾《かし》げながら聞き返す。

「稲沢君が犯人を逃がしたことで『落ち込んではいないか？』ってことですか？」

口を真一文字に結んだ大村は、首を左右に振った。

「いえ、私の心配はそれとは、少し違うことなのですが……」

「違うこと？」

その時、大宮方面から銀の車体にブルーのラインの入った列車が、冷たい空気を引きながら４番線に入ってきた。

0003B

容疑者の遺留品

警視庁へ十五時頃に戻った吾妻らは、すぐに稲沢のいる鑑識へ向かった。

鑑識課には手前に事務机の並ぶスペースがあって、その奥には鑑定や調査、実験を行う場所と膨大な証拠品を管理する倉庫がある。

そんな鑑識課の事務机に、稲沢は一人でポツンと座っていた。

稲沢の顔は遠くから見ても青く見えた。

机を見つめたまま目線を動かさなかったので、三人が部屋に入ってきたことに、稲沢は気がついていないようだった。

「やっぱりダメだったか」

そう呟いた大村が最初に声をかける。

「おう、稲沢。今回はご苦労だったな」

顔を上げた稲沢は、三人に気がつき会釈した。

「あっ……大村さん。只見さん、吾妻警視……」

ショックを受けているらしい稲沢は、立ち上がって吾妻に報告をしようとする。

「今回はすみませんでした。私が未熟なばっかりに容疑者を死なせてしまいました……」

奥歯を噛みながら話す稲沢を見ていた吾妻は、

「そんなことより、君は大丈夫かい？　稲沢君」

と、稲沢の顔色をうかがいながら聞いた。

「あっ……はい。心配をおかけしてすみません。もっ、もう大丈夫です……」

そこで大村は胸を張って大きな声をあげた。

「気にするな、稲沢！　誰だってマグロのタタキを初めて見た時はショックなもんだ」

目を大きく開いた稲沢は、戸惑いながら聞き返す。

「マッ、マグロのタタキ？」

「なんだよ、知らんのか？　鉄道業界では轢《れき》死体《した い》は『マグロ』。原形を留めんくらいになっちまった奴は『タタキ』とか『ミンチ』なんて隠語で言うんだ。お客さんの前で『轢死体』とか言えねぇからな」

「マグロの……タタキ……轢死体」

そこまで言った稲沢は「うっ」と口元を押さえて席から立ち上がると、廊下を目指して勢いよく駆け出していった。

トイレへと走り去る稲沢の背中を見ながら、吾妻はため息混じりにぼやく。

「大村さん……」

大村は右手で自分の後頭部を二度ほど叩いた。

「すいません。あいつが『もう大丈夫』なんて言ったもんですから……」

そこへ奥のスペースから、上下紺色の作業服を着た少し太めの鑑識官が、ニコニコ笑いながら吾妻らへ向かって歩いてくる。

作業服の胸には警視庁とオレンジの刺繍《ししゅう》があり、その下には「伊東《いとう》」と書かれた名札がある。

少し開いた胸元と、サイドに付けられたアクションプリーツからは、黄色の裏地が見えていた。

「これはテッパンさんが総出で、ご苦労様です」

四人は軽く会釈し合う。

「伊東君、稲沢がお世話になったようだね」

吾妻は鑑識課の伊東に微笑みかける。

「稲沢さんには申し訳なかったのですが、事件の目撃者ですし、現場に到着した最初の警察官となってしまったものですから、事後処理を含めて色々とお願いすることになってしまいまして……」

伊東はすまなそうに言った。

「それは職務だから気にしなくていいよ」

伊東は廊下をチラリと見てから、小さな声で吾妻らに話しかける。

「稲沢さんは死体を見るのが、どうも初めてだったようですね……」

「あいつは内勤が多かったからな。殺人事件の現場にも一度も出たことねぇんじゃねぇか？」

大村が答えると、吾妻は顎に手をあてた。

「確かに……一度もないかもしれないね」

ネットでの情報収集やデータ分析などを主に行う稲沢を、吾妻はあまり外の捜査につけていなかったのだ。

「では、事件の概要を説明しますよ」

「よろしく頼むよ」

伊東は稲沢からとった調書を片手に、大崎駅構内で発生した痴漢容疑者死亡事故について、三人に簡単に説明した。

湘南新宿ライン車内で「痴漢」と訴えられた男が、駅員と稲沢の制止を聞かずに線路へ逃走したが、そこに遅れて入線してきた埼京線車両と衝突、結果轢死体となったということだった。

「稲沢は何も悪くねぇじゃねぇか」

報告を聞いた大村は、すぐに言った。

「確かにそうだと思います」

数枚の調書をめくる伊東を吾妻は見つめる。

「男の微物検査はどうだったんだい？」

伊東は首を横に振る。

「すみません。遺体損傷が激しくて、まだ、手のひらの皮膚がどれなのかも、まったく分からない状態なんですよ」

「それじゃあ、まだ男の身元も分からない状況なのかい？」

吾妻が諦《あきら》めたように聞くと、伊東は胸を張り自信に満ちた顔を見せる。

「そこだけは……ちょっと待ってください」

伊東は回れ右をすると、奥へ入っていく。

その間に稲沢がトイレから戻ってきた。

少し戻したらしく目が充血している。

「無理しなくていいよ。気分がすぐれないようなら、医務室へ行くか、早退してもいいんだからね」

唾を飲み込んだ稲沢は、吾妻をすっと見上げる。

「私も警察官です」

「そうか。それは分かったが、警察官だって感情のある人間なんだ。決して無理しないように」

「お気づかいありがとうございます」

稲沢は無理やり微笑んでみせた。

そこへ伊東が四角のステンレス製トレーに、たくさんのビニール袋を載せて戻ってきた。

「これが男の遺留品です」

机にトレーをコトンと置いた伊東は、免許証の入った袋を取り上げて電灯にかざす。

「名前は……『日高栄一《ひだかえいいち》』……年齢は二十八歳だったみたいですねぇ」

「日高栄一……二十八歳……」

稲沢はタブレットを取り出してタッチパネルに名前と年齢を打ち込んでいく。

伊東はもう一つの袋に入った二つ折りの緑の財布を見せる。財布も大きな衝撃を受けたようで、表面には何本もの引っかき傷が入っていた。

「免許証は財布の中に、交通系ＩＣカードやお金なんかと一緒に入っていたようです」

別のビニール袋には、表面に血痕《けっこん》のついた二枚の一万円札と六枚の千円札が入っていて、十数枚の小銭が入れられたものや、交通系ＩＣカードが入っている袋もあった。

顔を近づけた只見が袋の中を見つめる。

「この日高って男は……普通自動車と二輪免許を……おっ、二輪は限定解除していますよ。きっと、相当なバイク好きですね」

少し嬉しそうな顔をした只見は、アクセルを回すように右手をグイグイと回してみせた。

大村は横にあったビニール袋をトレーから摘み上げる。

「あ〜ぁ。携帯は完全にオシャカになっちまってんなぁ」

日高の持っていた白いボディの携帯は真ん中から二つに折れ、液晶画面がバキバキに割れて、クモの巣が張ったような姿になり果てていた。

「携帯を胸ポケットに入れておいたようです。そのせいで車両の衝突時にモロに衝撃を受けてしまい、こうなってしまったんでしょう」

伊東の説明を聞いた吾妻には少し引っかかるところがあった。

「携帯を胸ポケットにねぇ……」

「そんなことが気になるんですか？　警視」

只見が聞き返すと、吾妻は肩をすくめた。

「いや、大したことじゃないんだが、胸ポケットに携帯を入れておくと、何かと事故らないかい？」

「あ〜確かにありますねぇ。こう〜少し屈んだ拍子《ひょうし》にポケットから滑って地面に落ちたり、運が悪いと、トイレの水の中にってこともありますよ」

只見はボディランゲージをしてみせる。

「そうなんだよ。もちろん、単に『取り出しやすいから』という理由だけで、胸ポケットに入れておいただけかもしれないんだけどね～。ちょっと、僕は気になってしまったんだ」

「どうして胸ポケットに……ですか」

只見が考え始めると、大村が伊東に聞く。

「だったら日高の携帯から、なんらかの情報を得るのは無理ってことだな」

諦めた大村が、ふぅと息を吐いて日高の携帯をトレーに置くと、機械部品同士が当たるようなガシャリという音がした。

「そんなことも、ないんじゃありませんか？」

稲沢はタブレットをサラサラと触りながら、画面を見つめたまま言うと、伊東は口角を上げてニコリと笑う。

「さすが稲沢さん。一般的な機種であれば中のチップからデータをサルベージすることができますからね」

伊東は少し自慢げな顔を見せると、大村は不審そうな顔で聞き返す。

「サルベージ？」

「中のデータを復旧させるってことです」

大村は「そういうことか」と呟き、トレーの中の他の遺留品をゴソゴソ触り出した。

携帯のデータが多くを語ってくれそうだな。

そう感じた吾妻は伊東に向かって頼み込む。

「じゃあ悪いけど、そのデータサルベージを最優先でやってくれないかい？」

「はい。それはかまいませんが……」

吾妻はすっとうなずく。

「今回の事件は自殺ではなく、突発的な事故だったようだ。であれば、日高が死ぬ直前までどんなことをしていたか？　携帯には航空機のフライトレコーダーのようなデータが残っているかもしれないと思ってね」

「分かりました。では、こちらのデータサルベージを最優先でやっておきます」

吾妻は伊東に向かって軽く頭を下げた。

「すまないね」

「いえ、それが職務ですから……って、大村さん。あまり遺留品にベタベタ触らないでくださいよ～」

全ての袋を持ち上げては、トレーにガシャガシャと戻していた大村に向かって、伊東は心配そうな顔で言った。

その時、一つのビニール袋を持ち上げた大村は、中にある金属質の物体を、目を細めて凝視《ぎょうし》する。

金属の物体は長さ二センチ程度、直径一センチ程度の円筒形で、片方の底は塞がれている。

金属表面には黒い汚れと傷があり、中はカーボンのような焦げ茶色の汚れがこびりついていた。

「こいつは……弾じゃねぇのか？」

大村の呟きを聞いた稲沢は目を大きく見開く。

「銃の弾薬!?」

「ええ、弾薬ですよ」

と、伊東も驚くことなくサラリと答える。

「あの男は弾薬を持っていたの!?」

驚いて声をあげる稲沢に、伊東はニコリと笑う。

「まあ、正確には『空薬莢《からやっきょう》』です」

「空薬莢にしてみても、どうして、痴漢容疑者が弾をポケットに入れていたんです？」

「さぁ～それは分かりませんが……」

そんな二人に向かって只見が話しかける。

「この日高って男、もしかして、ミリタリーマニアだったんじゃないですかね」

「ミリタリーマニア？」

稲沢は怪訝《けげん》そうな顔をする。

「まぁ、俺も少し足を突っ込んでいるんで、あんまり悪くは言いたくないんだけど、要するに軍隊好きの連中のことだよ」

稲沢は「あ～」と呟く。

「只見みたいに軍隊から払い下げられた衣料や装備品をファッションで着たりしている人？」

「服を着るだけじゃなくて、基地が開放される日には見学に行ったりもするよ」

「基地に？　銃でも見にいくのですか？」

「米軍基地ならアメリカから空輸されてきたハンバーガーやホットドッグを食べながら、バドワイザーを格安で飲んだりするお祭りみたいな感じかな」

「基地でお祭り～？」

稲沢には想像できないようだった。

すっとタブレットに目を落とした稲沢は、全員に画面を見せる。

「確かに、日高はミリタリーマニアのようです」

画面には日高のSNSが映っており、基地へ見学に行っていることや、ミリタリー映画についての感想がいくつも書き込まれていた。

稲沢がスクロールしていくと、迷彩服や黒い服を着た五十人くらいの男たちが、ライフルやショットガンを持って写る集合写真がある。

全員顔を隠すようなマスクやゴーグルをしていて、銃を持った手を高々と挙げていた。

大村は身を乗り出して覗き込む。

「何をやっていやがったんだぁ？　この日高って男は？」

「サバイバルゲームでしょうね」

「サバイバルゲーム？」

只見はコツコツと画像の銃を叩くと、稲沢はタブレットを自分に引き寄せてムッとした顔をする。

「画面を叩かないでください」

稲沢に謝った只見は改めて説明をする。

「このトイガンから直径六ミリ程度のＢＢ弾っていう丸いプラスチック弾が電動やエアで発射されるんです。そんな弾を使って撃ち合うのがサバイバルゲームですよ」

大村は完全に呆れている。

「つまり戦争ごっこってことか？」

「まぁ、そういうことです」

ミリタリーマニアである只見は、少し照れながら答えた。

集合写真を「なるほどねぇ～」と見ていた大村はニヤリと笑う。

「おっ、戦争ごっこなんぞに、女も参加しているじゃねぇ～か」

写真の後ろのほうにはサングラスやゴーグルをした美女も三人くらい立っていた。

「サバイバルゲームは山を走り回りますからね。マイナスイオンたっぷりの環境での全身運動だから『ダイエット効果が高い』とかテレビなんかで言われていて、最近は女性参加者を見るようになりましたよ」

「だったら俺も参加してみっかな。旧日本軍の軍服でも着てよぉ」

画面を見ながらガハッと笑う大村から、稲沢はタブレットを引き離す。

「何を見ているんですか」

「サバイバルゲームならＢＢ弾だ。だが、日高が持っていたのは実物の空薬莢だろう」

吾妻に聞かれた只見は、袋を受け取って空薬莢をあらゆる方向から見つめ直す。

「サバイバルゲームなんてやっていると、こういった薬莢をコレクションしたくなるんですよ」

日高のSNSをチェックし終わった稲沢は、少しげんなりした雰囲気で聞き返す。

「空薬莢をコレクションしたくなる？　そんなものをどこから買ってくるんですか？」

只見はきょとんとした顔で言い返す。

「稲沢は『空薬莢　販売』なんて検索しないだろうから知らないと思うけど、こういったピストル弾から始まって、ショットガン、5・56ミリNATOライフル弾、20ミリ機関銃弾、グレネード弾でも使用済みの空薬莢なら買える。米軍基地の多い沖縄だったら、こんなのなら五十円くらいで売っているよ」

「この一センチくらいの空薬莢？」

その瞬間、只見は速攻で突っ込む。

「一センチじゃなくて、九ミリね」

「一ミリくらい、なんですか？」

「これは『9ミリパラベラム弾』といって、世界中の拳銃で使用されている有名な弾だから……」

只見は満足そうに語った。

こういう事件の時は、軍事系に詳しい只見がいると助かると吾妻は感じていた。

只見の説明で、だいたい納得できた。

「つまり、日高はミリタリーマニアで、こういった米軍払い下げの空薬莢を、普段からポケットに入れて持ち歩いていたってことか……」

そう言いながらも、吾妻の頭には何か晴れないボンヤリとした雲のようなものがかかっていた。

「そう言えば稲沢君。痴漢被害を受けた女性に話を聞けるかい？」

「それが……」

稲沢はすまなそうな顔をする。

「こういったことは任意だからね。被害者女性が聞き取り拒否でもしたのかい？　まぁ、犯人が死亡してしまったから意味もないと思われそうだしね」

吾妻は顎に手をあてて、ふぅと息を抜く。

「いえ、そうではなく。現場からいなくなってしまったんです……」

「被害者が現場からいなくなった？」

吾妻は右目だけを細めて聞き返す。

「えぇ……被害者女性が『痴漢！』と叫んだ時にはちゃんと確認していたのですが、駅が騒然となっているうちに見失ってしまいました」

「……現場から逃走したんじゃないのか？」

大村が鋭い目つきで聞くと、稲沢は少し複雑な顔をする。

「逃走っておっしゃいますが……大村さん。女性は痴漢を受けた被害者です。きっと突然の事故に驚いてしまったのだと思います」

「驚いて逃げちまったってことか？」

大村の鋭い目つきは変わらない。

「単なる痴漢事件なら出頭したかもしれませんが、自分が訴えた痴漢容疑者が、列車にはねられたことで怖くなってしまったんじゃありませんか？」

その気持ちは吾妻にも分からなくもない。

「被害者女性は『自分のせいで男性が死んでしまった』と思ってしまったということかな？」

稲沢はすっとうなずく。

「だから、現場から姿を消したのではないかと……」

「確かに、それはあるかもしれないね。ちなみに、女性の似顔絵とかは作成してあるのかい？」

少しはにかんだ稲沢は首を横に振る。

「警視、女性は犯人ではなく被害者ですよ。それに大きなつばのある帽子を被っていたので顔は私にもよく見えませんでした。分かるのは、背が高くモデルのようなスタイルだったことくらいですね……」

稲沢がそう報告すると、大村は吾妻の顔を見てから訊ねる。

「警視、日高栄一について裏付け捜査をしますか？」

「そうだね。後藤寺《ごとうじ》警視正からも、こういった事件について対策をまとめるように言われていることもあるし、今回のケースも調べられるところは、できるだけ調べておくとしようか」

「では、捜索令状をとって、明日にでも日高の家を只見とガサ入れしてきます」

それを聞いた只見の目は嬉しそうに輝く。

「やっと、警備から解放されるぜぇ～」

そこで、吾妻は再びタブレットを見つめている稲沢に目をやった。

轢死体を見ただけで激しく動揺するようでは、警察官は務まらないと感じた吾妻は、

「すまない。明日のガサ入れは只見と稲沢君で行ってもらっていいかい？」

「私がですか？」

稲沢は驚いて吾妻に聞き返す。

「警察官として、色々な経験もしておいたほうがいいと思ってね」

「警視がそうおっしゃるのでしたら……」

稲沢は少し気の進まなそうな顔だった。

「たとえ容疑者が死んだとしても、警察は事件の真相を解かなくてはいけない。それに、事件や事故は人が起こすものだからね」

「それは分かっているつもりですが……」

「報告書を読んでも、ネットで調べても分からないことが、現場に足を運べば見えることもあるからね」

吾妻はやさしく微笑む。

稲沢の警察官としての成長を期待して、吾妻はあえてそう指示した。

「分かりました、警視」

「稲沢君、日高について過去に犯罪歴がないか調べて、あれば、私のパソコンに転送しておいてくれ」

「了解しました」

吾妻は大村にも指示を出す。

「それで大村さん。一つ取ってきてもらいたいものがあるのですが、よろしいですか」

「何です？」

素早く手帳を取り出した大村は、ページを開いてペン先をそこに置く。

「大崎駅の防犯カメラの映像をコピーしてきてもらえませんか？　日高が事故に遭う前後一時間程度だけで結構ですので」

「今日の防犯カメラの映像ですね」

大村は他人には絶対読めないような、ぐしゃぐしゃとした字で素早く手帳に書き込む。

「カメラに何か写っていると？」

「それはよく分からないが、ちょっと、今回の事故は他の痴漢事件とは違うような気がしているんだ。映像で確認してみようかとね」

大村はパタンと手帳を閉じてスーツの内ポケットにしまいこむ。

「では、私は大崎へ行ってきます」

「よろしくお願いします。じゃあ、みんな、捜査を始めてくれ」

『了解！』

只見と稲沢と大村は会釈して敬礼すると、鑑識の部屋から足早に出ていく。

伊東が遺留品をキチンとトレーに並べ、下からグイと持ち上げる。

「さぁ、私は携帯データのサルベージをしますか」

「頼むよ」

伊東は日高の遺留品の入ったトレーを両手で持ち上げると奥へ向かって歩いていく。

忙しく鑑識官が走り回る部屋の中を出て、テッパンへ向かう廊下を歩きながら、吾妻はまだ埋まらないパズルのピースについて考えていた。

0004B

ミリタリーマニア

翌日早朝、新宿で待ち合わせた只見と稲沢は、小田急線《おだきゅうせん》の急行に乗り相模大野《さがみおおの》駅まで移動する。

相模大野で江ノ島線《えのしません》へ乗り換えた二人は、大和《やまと》駅まで急行に乗り、さらに相模鉄道に乗り換えて相模大塚《おおつか》駅に八時頃に下車した。

事故死した日高の免許証に書かれた住所は、相模大塚が最寄り駅だった。

相模鉄道の相模大塚は上下線の真ん中にプラットホームが一つだけある駅である。ホームから階段を使ってコンコースへ上がり改札口を抜けた時、稲沢はタブレットで、日高のアパートが北口方面か南口方面かを調べようとしたが、只見は迷うことなく南口へ向かって歩き出す。

「たぶん、こっちさ」

「適当ですね、只見さん」

稲沢が短く呟きながら画面をチェックすると、日高のアパートは南口側に表示されていた。

「間違っていたか？　稲沢」

「いえ、合っていますが……」

稲沢は淡々と答えた。

細い通路を抜け階段を下っていくと、バスが二台しか停まれない南口ロータリーへと出る。

駅前には神奈川県限定のコンビニエンスストアしかなく、それ以外には「只今警察官はパトロール中です」とプラスチックの札の置かれた交番があるだけだった。

稲沢はロータリーを背にするようにして歩き出し、タブレットを見ながら南の方向を右手で指し示す。

「アパートはこっちのほうです」

「やっぱりミリタリーマニアとしては、こういうところに住むんだなぁ～」

周囲を見回した只見はウンウンとうなずく。

「どういうことですか？」

その時、耳をビクリと動かした只見は、真っ青に晴れ上がった空をグッと見上げる。

そして、嬉しそうな顔をしながら、右の人差し指を伸ばして上を指す。

「あれさ……」

稲沢が只見に続いて顔を上げると、

シュゴォオオオオオオオ！　シュゴォオオオオオオオ！

と、黒い二つの影が上空を通り過ぎていった。

あまりの爆音に両耳を手で塞《ふさ》いだ稲沢は、目を見開きながら声をあげる。

「戦闘機？」

飛行高度があまりにも低いせいで、地面からはビリビリという、今まで味わったこともない振動が伝わってくる。

目をつむっていた只見は、まるで気持ちいいクラシック音楽でも聴いているかのように、ゆったりと左右に体を揺らしていた。

「F／A－18Eスーパーホーネットってことは、空母が帰ってきているんだなぁ～」

二人の上空を瞬時に通り過ぎた二機のスーパーホーネットが、並んだまま急速に左旋回を行うと、陽の光を浴びた翼端がキラリと輝いた。

稲沢は西へ去っていく機影を目で追う。

「この近くに米軍の厚木《あつぎ》ベースがあるからな。だから、ミリタリーマニアの日高は住むことにしたんじゃないか？」

稲沢は怪訝な顔をしながら、両手を耳から外す。

「こんな騒音の激しいところ、イヤじゃないですか？」

だが、只見から出てきた感想は、稲沢とはまったく正反対のものだった。

「ゼネラル・エレクトリック製Ｆ４１４エンジンサウンドが毎日のように聴けるんだぞ」

二人が歩き出した道の両側には、更地となっている場所が多く、大きな再開発が予定されているのか、もしくは、バブル時の開発が中途半端に終わっているのか、どちらかだろう。

「稲沢には、ジェット機やヘリの音は『うるさい』だけだろうけどよ。ミリタリーマニアの日高にとっては心地いい音だったのさ」

「それで、ここに住んでいたってことですか？」

「たぶんな。まぁ、警視が『自分の好きな電車の線路沿いの家に住んだ』みたいなことだ」

「それとは違うと思います」

稲沢はムスッとした顔で言い返した。

信号が二つ並ぶ相模大塚駅前の交差点を越えた稲沢は、早朝に吾妻に送っておいた日高の犯罪歴を只見にも伝えておくことにした。

「あの日高って男……昨日、絶対、痴漢をしていたんだと思います」

稲沢が不機嫌そうに言うと、只見は不思議そうな顔で横を向く。

「どうしてそう決めつけるんだ？　一応、本人は死ぬ直前まで『違う』って言っていたんだし、事故っちまったけど、必死で逃走しようとしたわけだろ？」

「それは本当に痴漢をしていたからでしょう」

稲沢が決めつけた言い方をすることに、只見は少し驚いて体を引く。

「普通の奴が人のたくさんいる駅で、突然『痴漢です！』なんて言われたら、本当はやっていなくても逃走しちゃうんじゃないか？　それに、被害者女性も現場から消えてしまっていたみたいだしよ……」

稲沢はクイと首を上げる。

「日高の犯罪歴を調べてみましたが、過去にも痴漢事件で逮捕されたことがありました」

二人は遮断機のない踏切を渡る。

周囲は枯草におおわれていて、列車がまったく来る気配もない線路だった。踏切を越えてさらにまっすぐ歩いていくと、大きな区画の住宅が建ち並ぶエリアになっていった。

「なんだ。日高は痴漢常習犯だったのか」

「日高は二年前、小田急線の多摩《たま》急行、経堂《きょうどう》─下北沢《しもきたざわ》間において、通学途中の女子高生を痴漢したってことで逮捕されていました。こういった犯罪は再犯性が高いと聞きますから」

強制わいせつ、強姦《ごうかん》、痴漢などの性犯罪は、一般的に薬物犯罪と並んで再犯率が高いとされる。

「二年前の事件の時は、逃走しなかったのか？」

「この時は素直に応じて駅員室に行ったようです。ただ、『俺はやっていない』と言い張って罪を認めなかったようですから、かなり長期間にわたって取り調べを受けることになったみたいですね」

只見はフムと唸《うな》る。

「そんなことすりゃ〜、家族はおろか仕事場にまでバレてしまうんじゃないか？」

稲沢はタブレットを見ながらクイクイと左の路地を指差し、只見と共に狭い道へ入っていく。

「結局、日高は裁判でも一貫して『痴漢冤罪《えんざい》だ』と無罪を主張し続けましたが認められず、初犯だったことだけが考慮されて罰金刑になりました」

「やっぱり、色々とダメになったか？」

稲沢はうなずく。

「三年前に結婚したばかりの妻とは離婚。プログラマーとして勤めていた大手電機メーカーも辞めることになったみたいですね」

只見はそこまで知っていた稲沢に感心する。

「へぇ〜よく裁判後のことまで調べられたな」

「日高のSNSをかなり読みましたから」

稲沢は冷静な顔でタブレット画面をサラサラと触れながら只見に見せた。

「日高のSNSは、女性を軽蔑《けいべつ》している言動が多く、読んでいてあまり気分のよいものではありませんでしたが……」

「また、たくさん書き込んでいやがんなぁ」

只見は長々と書き込まれた文章を見て嫌そうな顔をした。

「日高は『ブスが痴漢されたと、勝手に自作自演で騒いでいるだけだ』とか、『警察はブスの言ったことだけ証拠にしやがる』とか、『ブスは家から出るな』とか、いつもSNSに書き込んでいました」

「……今時、困った奴だな」

　さすがにそこまでの極論を展開するような奴では、同じ男の只見でも稲沢の読みに同意せざるを得ない。

「日高の周囲にはそういう発言に『いいですね』と賛成する連中が集まっていたようです」

　発言についたコメントは、日高の極端な発言を止めるどころか、「良いこと言った！」と盛り上がっていた。

「だから、あまり気分はよくないと……」

「確かにな……」

　そこで二人は一棟のアパート前に到着する。

　稲沢はタブレットを抱え直して只見を見上げる。

「日高の部屋は三号室です」

　その二階建てアパートの前にはアスファルトが敷かれ、一階は黒い波板で、二階はレンガ模様のサイディングが施されていた。

横長の建物の一階には車が通れそうなくらい大きなシャッターが六つ並んでいるが窓は一つもない。

それぞれの二階にはスモークのかかった長細い窓が二個ずつついているのが見えた。

普通のアパートとは違って、無骨というか、人を拒絶する要塞《ようさい》のような雰囲気を稲沢は感じた。

只見はシャッターを指差す。

「ガレージハウスって奴だな。シャッターの中はガレージになっていて、中に車やバイクを入れて、生活するのは二階の部屋になっているんだろう」

アパート前に停まっていた、「ゼクス不動産」と書かれた車から、髪を少し茶髪にして濃いグレーのスーツを着たちょい悪系の男がニコニコ笑いながら出てくる。

「あれが不動産屋じゃないか？」

大きく「3」と書かれたシャッターの前へやってきた男は、媚《こび》を売るような笑みを浮かべながら両手をすり合わせる。

「警視庁の稲沢さんですかぁ～？　わたくしゼクス不動産の越美《えつみ》と申します」

越美は額から汗を流しながら、少し震えた手で名刺を差し出す。

警察の者と知ると、こういった態度をとられてしまうことを稲沢は苦手に感じている。

無愛想に名刺を受け取った稲沢は、手順に従って捜索差押許可状を、この物件の管理者である不動産会社の越美に見せる。

「大崎で起きた迷惑防止条例違反、及び列車事故に関する件で、日高栄一の自宅である、こちらのアパートを家宅捜索します。こちらは裁判所より出ています捜索差押許可状です。立会人の方はそれでよろしいでしょうか？」

「はっ、はい。よろしくお願いいたします」

焦っている越美は妙にかしこまって頭を下げた。

「ご協力感謝します」

稲沢と只見が会釈すると、越美は三号室のシャッターへ黒い赤外線リモコンを向ける。

リモコンのボタンを一回押すと、シャッターはガガガッと音をたてながらゆっくりと開いていく。

稲沢と只見が新しい白手袋をポケットから出して両手にはめ、足にはビニール製の足カバーをする。

「とりあえず、ガレージ内から見るか」

只見は開きかけたシャッターを潜りながら暗いガレージ内へ入る。稲沢と一緒に入ってきた越美は、入り口近くにあった照明のスイッチを押す。

すぐに上部の蛍光灯が点《つ》き、さらに太陽の光も入ってきたことで中がだんだん見えてきた。

ガレージ中央にはボンネットに「ＵＳ」と大きく白で書かれた、濃いグリーンのジープが停まっている。

周囲にはびっしりと棚が置かれ、何かの機械部品やプラスチック製のカバーのようなものが今にも崩れ落ちてきそうなぐらいに天井まで高く積み上げられていた。

ミリタリーマニアからすれば「コレクション」なのだろうが、稲沢には粗大ゴミにしか見えなかった。

「ここには何もなさそうですね」

ため息混じりにぼやく稲沢に対して、只見は宝の山を発見したトレジャーハンターのように、目を爛々《らんらん》と輝かせて奥へと入っていく。

「さすが気合入ってんなぁ。これはＡ−４スカイホークのコックピットパネルじゃないか？　おっ、ドロップタンクまであるじゃないか。もしかすると……F－4ファントム用か？　これはかなりの値段だったただろうなぁ……」

嬉々《きき》とし始めた只見は、稲沢にとってガラクタにしか見えないガレージの中の物を古物鑑定士のように一つ一つ見ながら歩いていく。

「私は二階をチェックします」

「了解。ガレージのほうは任せてくれ」

ガレージの入り口で遠慮して、あまり中へは入らないようにしながら待っていた越美は、振り返った稲沢と目が合うと、

「にっ、二階へはこちらからどうぞ」

と、シャッターの近くにあった階段を右手で差し示した。

無言のまま越美の前を通り抜けた稲沢は、一人分の幅しかないコンクリート打ちっぱなしの階段をコツコツと上がっていく。

ガレージハウスと呼ばれる日高のアパートには、大きな窓はあまりついていなかった。そのため、ガレージも二階も昼間でさえ薄暗い。

階段の終わり近くで、稲沢はグッと鼻にシワを寄せた。

「なに？　この臭《にお》い……」

二階には生ゴミや雑巾《ぞうきん》、油などの臭いが入り混じった異臭がたち込めていた。

後ろから階段を上がってきた越美が、入り口にある照明スイッチを押し、階段近くにあった流し台の上にある換気扇を回す。

「男の一人暮らしですから……」

換気扇は頼りなく回り始めたが、流しには中を洗うことなく投げ込まれた缶詰やビールの缶がそのまま捨ててあり、コバエが周囲を飛び回っている。

階段の終点が玄関となっていたが、ビニールをかぶせた靴のままでフローリングの部屋へと入る。

そこで左の壁を見た稲沢は思わず目を見張る。

壁全体に新聞や雑誌の切り抜きが、コンクリートが見えなくなるくらいびっしりと貼り付けられていた。

どうも切り抜きはスプレーのりかなんかで貼られているようで、上へ上へと何重にも貼り付けられていた。

「何をスクラップしているの?」

手袋をした右手で数枚めくった稲沢は、思わず上半身を引いてしまう。

ここにある記事は痴漢に関するものばかりだった。もちろん、日高の事件もあったが、他の痴漢事件や裁判の結果といったものも集められていた。

スクラップの上には赤いスプレーで「この女こそ死刑だ！」とか「この世がおかしい！」とか書かれていて、部屋の中に現出した猟奇的な不気味さに、稲沢は吐き気をもよおすような気持ち悪さを感じる。

日高は痴漢を訴える女性全てを嫌悪していたようだった。

だが、それは完全な「逆恨み」であって日高の主張は時代錯誤的なものだ。日高のような身勝手な男の被害に遭っているのは女性たちなのだから。

「調べていくしかないわね」

稲沢は家宅捜索を始めた。

フローリングが見えなくなってしまっているくらい広がっていたゴミの山に足を踏み入れながら、近くにあった段ボールを開いては中身を確認していく。

後ろで見ていた越美は、壁に直接強力なのりでスクラップが貼られていることに、困り顔で見つめながらぼやく。

「日高さんも困るなぁ～。こんなことされちゃあ。ちゃんと出る時には『原状復帰できるように』って説明しておいたのに……」

二階もガレージと同じようなミリタリーグッズが散乱していた。

家財道具としてすぐに分かるものはハイベッドと冷蔵庫くらい。

冷蔵庫にはアメリカ製の缶ビールと水のペットボトルくらいしか入っておらず、ハイベッドの上にはオリーブドラブの寝袋が置かれているだけだった。

他の部分には段ボールや木箱が乱雑に積み重ねられていて、大きな地震でもあれば崩れ落ちてくるだろう。

部屋には昨日まで生活していた雰囲気が残っていた。

ゴミ箱の中身も捨てておらず、部屋の一番奥にあるハイベッド下の作業場も、さっきまで作業をしていたかのように、工具や機材など広げられたままになっていた。

ほとんどの段ボールの中身は迷彩、オリーブドラブ、黒、カーキといった色の戦闘服やサスペンダー、ポーチ、ヘルメットやモデルガンだったが、中には「冤罪こそ犯罪」と表紙に書かれた会報が大量に入っているものもあった。

何冊かをパラパラとめくった稲沢は、グッと顔をしかめる。

「なんなの……これは？」

会報は一見「痴漢冤罪をなくそう」といった市民グループの機関誌のようだったが、巻頭近くの目次を読むと「痴漢に間違われた時に逃走する方法」とか「相手と示談に持ち込むやり方」とか、痴漢事件に関しては、法律に触れないようにしつつ強引に解決する手法が具体的に提案されていた。

「日高は他の痴漢冤罪者たちとも繋《つな》がりを持っていたってことね」

会報記事全てに目を通すことはここではできないが、稲沢はパラパラと流し読みしながらそう感じた。

家宅捜索を始めて一時間ほどすると、一階から二階へと只見が上がってくる。

事件に関わることを嫌っているのか？　越美は知らないうちに外へ出ていき、二階の部屋からはいなくなっていた。

「稲沢、どうだ？　何か出てきそうか？　一階にはミリタリー的なお宝はあったが、事件に関わりそうなもんはないみたいだ」

山のような段ボールと奮闘していた稲沢は、顔を上げて白い手袋で汗をぬぐう。

「まだ、部屋の全て調べたわけじゃないから、なんとも言えないですが……」

「お前真面目か？」

稲沢は入り口に近いところにある段ボールから順に一つ一つ確認して、終わったものは整理して積み上げながら作業していた。

「こうしないと漏れが出ますから……」

ブルッと首を左右に振った只見は、ドカドカと中へ入ってきて部屋の中を見回す。

「そんなことしていたら、今日中に終わらなくなっちまうだろ。別に引っ越しするわけじゃないんだからさ」

「では、応援を頼んで――」

稲沢の言葉は只見によって遮られた。

「こういうのは『容疑者の気持ちになって探せ』って大村さんが言っていたよ」

「容疑者の気持ちになれと言われても……」

少し不満げな声をあげながら立ち上がった稲沢は、只見の横に並んで部屋の中を見つめる。

そして、部屋に入った時から気になっていた箇所を指差す。

「作業場が怪しいとは思ったのですが、あまりにも点数が多かったのであとにしようと思っていました」

「ハイベッドの下か……。分かった」

只見は床に転がっていた段ボールや木箱を次々と横へよけながら、猟師が森に分け入るように一本の道を作ってハイベッドに辿り着く。

ハイベッドの下にテーブルがL字形に配置されており、テーブルの奥には小さな引き出しがたくさんついたロッカーがびっしり並べられていた。

腰を曲げてテーブルの上に置かれていたレバーの付いた機械に注目していた只見は、「う〜ん」と唸るような声をあげる。

「これ……もしかすると『ハンドローディングマシン』じゃねぇかな？」

稲沢は段ボールを近くに置き、只見の作った道を辿って作業場へやってくる。

只見がハンドローディングマシンと言った機械は、ぱっと見、大型のドリルのように見える。

だが、上から下へ向かってドリルの刃は装備されていないし、台座に向かって細いチューブがいくつも入っていて、何が入っているか分からない容器がマシン上部にいくつか取り付けられていた。

「ハンドローディングマシン？」

只見がマシン上部の漏斗《ろうと》状の白いプラスチック容器の中に無造作に手を突っ込むと、金属と金属の当たるカチャカチャという音がする。

只見は中の物を一つだけ取り出して手のひらの上に広げてみせた。

「やっぱり、あったあった」

それは昨日鑑識でも見た9ミリパラベラム弾の空薬莢だった。

「別にそんな空薬莢なんて米軍の払い下げ屋へ行けば、いくらでも売っているものでしょ？」

稲沢は驚くこともなく言った。

「このままじゃあ〜空薬莢だけどな……」

そう言いながら、只見がレバーを上下にカチャリカチャリ動かすと、下に付いている丸い鉄の台座が回り出した。

一回動かすと、プラスチック容器から一発の空薬莢がスルリと滑り落ち、マシンの下にある丸い台座に開いていた一センチ程度の穴に立つ。

空薬莢はピッタリと入り込んで固定された。

そのままレバーを上下し続けると、台座は十五度程度反時計回りに回転しながら十センチほど上下を続ける。

やがて、台座が一周すると、最初に仕掛けていた空薬莢が、下のトレーにポトリと落ちた。

「そいつを見てみろよ」

トレーに落ちた薬莢を取り上げた稲沢は驚き、大きく目を開く。

「これは空薬莢じゃなく、完全な弾薬!?」

落ちてきた物は空薬莢ではなく、開いていた先頭部に金属の弾頭がセットされていた。

只見はうなずく。

「このハンドローディングマシンって奴は、一度使用した薬莢に再び火薬を入れて、弾頭やプライマーを取り付ける機械だからな」

只見はプラスチック容器を指差す。

「ここから空薬莢が落ちて固定され、左へ回ると、プライマーつまり雷管が抜かれ、その次のステージで形を整えてプライマーが再装塡《さいそうてん》。そして、薬莢内にガンパウダーを入れ弾頭を詰めたら、最後に首元をカシメる」

「どうして、そんなことを知っているんですか？」

すぅと目を細めた稲沢は、犯罪者でも見るような目で只見を見る。

「俺は大学生の頃はクレー射撃部の助っ人もやっていたからな」

「……も？」

「おうサッカー、バスケット、テニス、ラグビー、ラリー、モトクロス、ジェットスキー、登山、スノボとか、なんでもやっていたぜ」

パソコン部に四年間所属し続けた稲沢とは、只見はまったく違う大学生活を送っていた。

稲沢は恐る恐る弾頭の付いた弾薬を持ち上げる。

「じゃあ、この機械を通したことで、空薬莢は今すぐ銃で使える弾薬になったってことですね」

只見はフフッと笑う。

「この機械に空薬莢と弾頭は入っていたが、プライマーと火薬はなかったからな。弾薬の中身は空で爆発することはないさ。だけどな……」

只見はマシンの最後のほうのステージ上に付けられていた透明な円筒形のプラスチック容器の内側を白い手袋をしたまま触る。

二、三度触ってから右手を取り出すと、手袋の先が真っ黒に染まっていた。

「たぶん、ここにガンパウダーが入っていて、こっちのチューブにはプライマーも詰め込まれていたんだろう」

鼻を近づけてその部分を只見は嗅《か》ぐ。

マシンへ繋がっている細いパイプを見つめながらうなずく。

稲沢は日高がここで何をしていたかということを理解した。

「日高は払い下げ屋から買ってきた空薬莢に火薬を入れて弾頭とプライマーを取り付け、弾薬を生産していたってことじゃないですか？」

只見は汚れた手袋の指をすり合わせる。

「そういうことだ」

稲沢には分からないことがあった。

「でも、こんな危ない機械を日高はどうやって手に入れたのですか？」

「ハンドローディングマシンは銃本体のように所持が違法な機械じゃない。だから、購入するのは、銃ほど難しくはない。ミリタリーマニアの知り合いから『コレクションしたい』とか言って、ライフル用の中古品でも譲ってもらったんだろう」

只見は台座を触りながら続ける。

「そして、台座を少し改造して、9ミリパラベラム弾も作れるようにしたようだ」

「ガンパウダーやプライマーを、日高はどこから手に入れたのでしょうか？」

「まぁ、こんなことに使うとなれば正規のルートじゃないだろうな」

稲沢は只見を見る。

「密輸ってことですか？」

「いや、そんなに大袈裟《おおげさ》な方法じゃなくても、ガンパウダーとプライマーは、日本で流通しているライフル用や散弾銃用のものが流用できるはずだ。猟銃を使用する第一種銃猟免許を持っているような者なら、銃砲店でガンパウダーなら五百グラム、プライマーなら三百個まで無許可で購入可能だ。第一種銃猟免許所持者は約八万五千人。この全員が全てのガンパウダーとプライマーの双方を正確に管理しているとは言えないだろう」

「それは日高のような奴に、金さえ払えば狩猟者が横流しするってことですか？」

只見は両腕を組みフンッと鼻から息を抜く。

「いや、銃猟をしている者の中から、そういったダーティな人を探すのは難しいだろう。そうじゃなくて盗難、遺失、紛失、経年劣化による廃棄など、色々な理由で火薬やプライマーは失われている。その全てを警察は把握できているわけじゃない」

稲沢はハンドローディングマシンを見つめる。

「じゃあ、日高はどこからかガンパウダーとプライマーを入手して、ここで9ミリパラベラム弾を製造していたってことですね。日高はいったい何に使うつもりで、こんなものを？　さすがにこんなものをネットで販売するわけにもいかないだろうし……」

只見は腕を組む。

「実弾って書かなきゃ単なる空薬莢だからな。日高はこれでタクシーやコンビニを襲うつもりだったのかもしれないが……」

「強盗するつもりだった……」

只見は右のまゆを少しだけ上げる。

「まぁ、普通に考えればミリタリーマニアが、単純に『本物の弾薬を作ってみたかった』だけだと思うけどな。ただ、作れば撃ってみたくなるから、どこかの山中でテストしているかもしれないが……」

「マニアのコレクションが高じただけってことですね」

少し緊張の解けた稲沢を見て、只見はフッと笑う。

「日高が作っていたのは弾薬だけだぜ」

「弾薬だけ？」

「弾薬だけあったところで、銃がなければ撃つことはできないさ」

「確かに……弾薬だけあっても無意味ですよね」

只見はさっき作ったガンパウダーの入っていない小さな弾薬を摘み上げる。

「金属製リボルバーを改造すれば撃てるかもしれないが、こんな九ミリ程度の弾じゃ、大したことはできないと思うぜ」

そこで只見は自分の腹をバシンと叩く。

「こんな小さな弾なんて、体に当たったところで痛くも痒《かゆ》くもねぇよ」

「それは只見さんなら……ですよね？」

「それに稲沢。すげぇ重要なことを忘れている」

只見は鼻から息を抜く。

「重要なこと？」

「たぶん日高は弾薬を、ここで製造していただろう。だが、本人は既に電車事故で死んじまっているってことは……もう実行することは不可能さ」

「そう……ですね」

稲沢は弾薬が製造できるハンドローディングマシンを発見し、製造していた痕跡《こんせき》を見たことで動揺し、それが犯罪に使われることを心配してしまったのだった。

「製造した弾薬を使って、日高は何をするつもりだったかを調べることが、今回の目的となりそうですね」

「そういうことだな。日高が弾薬を製造していた証拠は出たんだから、ガサ入れとしては問題ないんじゃないか？」

稲沢はうなずく。

「少なくとも武器等製造法違反なわけですし、日高を被疑者死亡で立件するかどうかは検察の判断ですね。あとで現状を報告して、吾妻警視に指示を仰ぐということでいいと思います」

只見は作業台の下を覗き込む。

「じゃあ、とりあえず、９ミリパラベラム弾を発射できそうな銃がないか探そう。たぶん、金属製リボルバーの改造モデルガンだろう。銃口が加工されているはずだから」

只見は手袋をした両手を合わせてパンパンと鳴らした。

「了解、銃ですね」

目を合わせた二人は部屋の左右に分かれると、再び日高の溜《た》め込んだ段ボールの山に挑んだ。

「ほぉ〜日高が家で弾薬を作っていたとはねぇ」

家宅捜索の状況報告を十一時頃に稲沢から電話で受けた吾妻は、まるで、ニュース番組でそのことを聞いた一般人のように答えた。

《警視、『ほぉ〜』ではないと思いますが……》

稲沢は少し機嫌悪そうに言った。

「すまないね。まさか、痴漢容疑者の自宅のガサ入れでハンドローディングマシンなんてものが出てくるとは思っていなかったからね」

《弾薬製造と痴漢事件とは直接関係がないと思われますが……》

「まぁ、そうだろうねぇ」

吾妻は事前に稲沢から送られてきた日高の部屋の画像をパソコンでサラサラと流し

見しながら、ボンヤリと返事する。

画像には猟奇的にも感じるスクラップが貼られた壁と、スプレーで書かれた赤い文字が映っていた。

痴漢事件で捕まったことで人生を棒に振った日高は、こうした事件を酷《ひど》く恨んでいたようだった。

そんな部屋の画像を見ていた吾妻の頭には、一つの素朴《そぼく》な疑問が浮かび上がる。

「痴漢事件を一度起こしていた日高は、どうして、また大崎でやってしまったんだろう？」

《日高が痴漢をした理由ですか？》

稲沢からは怪訝そうな声が返ってくる。

「もう一度やれば、社会的信用が完全に失墜すると知っていただろう」

吾妻にそう聞かれた稲沢は《それは～》と呟いてから言葉を切ると、少し考えてから話し出す。

《こういうことは性癖ですから、被害者女性を前にした日高は、我慢できなくなったということだと思います。こういった犯人らがよく言う『ムラムラした』のではないでしょうか？》

稲沢は淡々と答える。

「性犯罪者は再犯率が極端に高い……か」

吾妻は稲沢の言うことも分からなくもなかったが、なんとなくしっくりこない。

《大崎の被害者は魅力的な女性でしたから、日高は我慢できずに痴漢してしまったことは説明がつくものかと……》

「なるほどね……」

日高の行動には今の段階では説明できない、何かが含まれているような気がしてならなかった。

《警視、こちらはどうしますか？》

その時、吾妻はふと思いついたことを確認する。

「そう言えば、稲沢君、完成した弾薬を見たか？　もしくは、弾薬を使用する銃は、あったかい？」

少し間が空いてから、稲沢は答える。

《完成した弾薬も銃も一つも出ていません》

それだけの設備があるのに、一発も完成品がないことに吾妻は違和感を覚えた。

「では、引き続き日高の自宅の捜索を続けてくれるかな。探すものは完成した実弾、及びその弾薬が使用可能な銃だ」

《了解しました。では、只見さんと共に弾薬と銃の発見に全力を尽くします。では……》

そこで、電話は切れた。

稲沢からの報告は卓上電話をスピーカーホンにしていたため、デスク近くにいた大村にも聞こえていた。

「まったく……痴漢犯罪者が弾薬を製造していたとは、よく分からん事件ですなぁ」

大村は「困った奴だ」と言わんばかりに、ふぅとため息をつく。

「今のところの情報をまとめると、日高はミリタリー趣味が高じて弾薬を作った。それとは別に、痴漢で興奮を覚える性癖を持っていた。そんな日高は湘南新宿ライン内で魅力的な女性を見かけ、今度痴漢をすれば大きな社会的制裁を受けると分かっていたが、つい誘惑に負けて胸を触ってしまったということになりますね」

「日高は何かと、我慢できなかった奴ということですな。その意味では行動に一貫性があるとも言えますが……」

大村はうなずきながら言った。

その時、吾妻のパソコンから、ピンッとメールの着信音が響く。

マウスを操作すると、メールは鑑識の伊東からのものだった。

「大村さんが昨日取ってきてくれた、大崎駅の防犯カメラの映像を見られるように加工処理してくれたようだね」

パソコン画面を横へ向け、大村がデスクを回り込むように移動すると、吾妻は防犯カメラの映像を再生し始める。

映像の左上には白い文字で録画された時刻が表示されていた。

録画データは「10:00:00」から始まる。

駅の防犯カメラには音声データはなく、パントマイムのように人や電車が静かに動いていく。

「稲沢の奴、確か十一時過ぎとか言っていましたから、一時間後ってことですなぁ」

「大崎着、十一時八分の湘南新宿ラインだったね」

画面の下にあるカーソルを吾妻が右へ動かすと、時刻が急速に進み、やがて8番線には銀のボディに緑とオレンジのラインの入った車両が勢いよく入ってくる。

大村は画面を指差す。

「警視、駅員の説明によると、この映像は8番線に設置してあったカメラのものです。こいつは事件現場に一番近く、他のカメラには現場付近は写っていないとのことでした」

「これは北改札へ向かう中央付近のエスカレーターだね」

映像を見た吾妻には、すぐに分かった。

8番線に車両が停車すると、扉が開いて客が一斉に降りてくる。

「こいつに日高といなくなっちまった被害者女性。それに稲沢も乗っていたってことですな」

「そういうことになるね」

二人が見つめている映像は、いつも見ている駅の乗降風景だが、しばらくすると変化が現れる。

日高と思われる男がホームに降りた瞬間に、すぐ後ろを歩いていた被害者女性が、何か大きな声で叫んでいるように見える。

「このタイミングで、女性が『痴漢っ！』って叫んだんでしょうな」

前を歩いていた日高が振り返って被害者女性をじっと見つめていた。

そこから先は稲沢の報告にあった通りのシーンが続く。日高は駅員に前を塞がれ、周囲には携帯カメラを向ける客が集まり始め、稲沢が車両内を通って後方を遮断する。

追い込まれた日高は向かいの7番線へ逃げ出し、駅員と稲沢は並行して走っていくが追いつけない。

映像としては日高が線路へジャンプするところまでしか撮られていなかった。

画面外へ日高が消えた瞬間、手前方向から列車が走ってきて、ホームの客が一斉に動揺する。

「ここで日高は列車にはねられたってことだね」

「何度見ても……列車に人が飛び込む映像は、気持ちいいもんじゃありませんなぁ」

大村の言葉には鉄道に対する思いが募っていそうだった。

「鉄道警察隊の頃だと、こういったシーンに出くわすことも多かったんですか？」

大村は国鉄の鉄道公安職員から警視庁鉄道警察隊に入った経歴を持っていた。

「私は、人生どんなことがあっても、死ななくてもいいと思うんですがねぇ。一時期、鉄道自殺が流行《はや》った時期があって、その時は毎日のように見ちまうことになりましたよ」

それには吾妻も同感だった。

「確かに自殺はやめてもらいたいね」

そこで、画面を追っていた大村はムッとした顔をする。

「白い帽子の女……こいつが稲沢の言っていた被害者女性って奴ですね」

「どうも、そのようだね」

少し巻き戻して被害者女性だけに注目して見直すと、最初は日高を指差して騒いでいたが、途中から消えるようにして周囲の客に混じり、日高が向かいのホームに走り出す前に、北改札へ通じるエスカレーターへ飛び込むように女も全速力で走り込んでいた。

「こいつは一目散《いちもくさん》に現場から離れていやがるな。しかも、まだ周囲の客が日高に注目しているにもかかわらずだ……。本当にこいつは痴漢被害者なんですか？　この女は」

大村の目はだんだん厳しいものになってくる。

「このまま改札から外へ出たってことかな？」

「確か～昨日取ってきた映像の中に、改札口の防犯カメラの映像もありましたよ、警視」

「じゃあ、そっちも見てみようか」

吾妻はファイルを切り替えて「北改札口」と書かれたファイルを開いて画面に映す。

こちらも映像は「10:00:00」から始まっていたので、飛ばして十一時過ぎ頃から標準速度で再生する。

人身事故で電車が停まったことにより、改札付近は混雑しつつあった。たくさん並ぶ自動改札機を通って構内へ入る客と、外へ出る客が引っ切りなしに映っている。

そんな中でも長身の被害者女性は目立っていて、すぐに見つけることができた。

「この女ですよ、警視！」

吾妻は大村の指した女の動きに注目する。

勢いよく走ってきた女性は混んでいた自動改札機は避け、一番空いている自動改札機のセンサーにバッグから取り出した長財布を叩きつけた。

すぐに自動改札機の緑のストッパーは開き、女性は小走りで駆け抜け、左へ曲がって西口へとコンコースを足早に去っていく。

「痴漢被害を訴えた女性が、どうして逃げ出したんでしょうかねぇ？」

吾妻は女性が映っているシーンを何度も再生しながらぼやく。

「まぁ、一般論としては稲沢が言っていたように『怖くなった』ってことでしょうが、女が動き出すタイミングが少し早過ぎますね」

それは吾妻も同じことを感じていた。

「大村さんもそう感じますか……」

二人で女性がエスカレーターへ向かうタイミングをチェックしてみると、まだ、日高は逃走前だった。

「日高が列車にはねられ死体を見て怖くなったということなら分かりますが、どうなるか分からない段階で現場から逃げ出すのは変な気がしますな」

鋭い眼光を放つ目で画面を睨みつけていた大村は、そこでハッと顔を上げる。

「警視！　これは痴漢冤罪詐欺《さぎ》では!?」

「やはり、そういうことかな？」

吾妻は考えても説明のつかない部分を埋めるには、そういうことも考慮しなくてはいけないような気がしていた。

「この女はいわゆる『被害者役』なんじゃありませんか？　きっと、近くにはターゲットとなった日高を問い詰める役の人間も潜んでいたんでしょう」

「日高を取り囲んで問い詰め、名刺でも取り上げてから示談金交渉する気だったが、予定よりも早く警察官……つまり稲沢君が現れてしまったことで、詐欺計画が崩れてしまった……」

大村は深くうなずく。

「そういうことで間違いないと、私は思います。現場ではこうした痴漢冤罪詐欺事件も後をたちませんから」

「そう言えば、先月は、一流会社に勤めている会社員を痴漢冤罪詐欺にかけた罪で名門女子高のグループ十数人が検挙されていたね」

「では、とりあえず鉄道警察隊に、この女が関与したような痴漢冤罪詐欺事件がなかったか、問い合わせておきますか？」

「そうだね。大村さん、お願いします」

「分かりました」

大村は手帳に書き込みながら返事した。

毎日の電車内においては多くの痴漢事件があるのは事実だが、逮捕された者が無実である冤罪事件があってもおかしくない。

そんな背景を利用して、詐欺を働こうとする輩も常に存在していた。

その時、メールの着信音が鳴り、チェックしてみると、鑑識課の伊東からのものだった。

「日高の携帯データの一部がサルベージできたようだね」

吾妻はガチャリと席から立ち上がり、廊下へ向かって歩き出す。

「警視、鑑識へ行かれるのでありますか？」

「今回の事件は分からないことが多い。だから、なるべく多くのデータを集めておきたいのさ」

大村は吾妻の後ろから追いかけてくる。

「では、私もお供します」

「サルベージは一部だから、あまり大したものは出てこないかもしれないよ」

「そんなことは刑事として当たり前ですから」

大村はニヤリと笑う。

吾妻らは特殊犯捜査第四係から廊下に出て、違う階にある鑑識へ一番近道で向かう。

「今回、日高は女にハメられたってことですな」

大村は足を止めずに話し続ける。

「何も知らない日高は気が動転して逃走を企み、電車にはねられたのかもしれませんな」

二人は角を曲がって階段を下り出す。

途中ですれ違った制服姿の女性警察官と、すっと頭を下げてお互いに敬礼を交わす。

「痴漢事件とは関係なく日高はミリタリー趣味が高じて、自宅で弾薬を作っていたと……」

「只見はガンパウダーなんて言っていましたが、単に『手袋に黒いものが付着していた』ってだけですからな。日高が花火をバラして入手した火薬を、空薬莢に詰めただけかもしれませんよ」

「そんなことして大丈夫なんですか？」

「普通、拳銃用のガンパウダーはディスク状の無煙火薬を使用しますが、花火は粉末状の黒色火薬ですから、撃った瞬間に事故ること間違いなしです」

大村は右手をバッと開いてみせて続ける。

「私なら、銃なんて面倒臭いものは作らずに、火薬を持っているなら爆弾にしておきますよ」

「確かにそうだね。拳銃でやれる犯罪なんて、あまりないわけですからね」

もし、日高がなんらかのテロ行為を行うなら、銃を使うなんて面倒なことをするとは考えにくかった。

ある程度の爆発物であれば走行中の列車、高いビルの高層階、ホテル、劇場、歩行者天国などに、うまく仕掛ければ数十人の被害者を出すことは難しくない。

だが、銃に対して慣れていない日本では、本物でコンビニ強盗をしたのにもかかわらず店員から「モデルガンだろ！」と逆襲に遭った例もある。

つまり、拳銃で起こせる事件など、日本ではかなり限られてしまうということなのだ。

「それにしても、日高の作ったと思われる弾薬は、どこへ消えたんだろうね？」

鑑識のある階へと着いた二人は廊下へ入る。

「確かに、奴の自宅からは完成した弾薬は発見されていないようでしたなぁ」

大村は思い出すように呟く。

「あれだけの装備を持っていたのに、完全な弾薬が一つも見つからないとはねぇ～」

「完成品はどこかへ隠したのでしょうか？　もしくは、既に誰かに売ってしまったとか？」

「どちらの可能性も考えられるね」

二人は首を捻《ひね》りながら鑑識へ入った。

事務机の並ぶスペースを通り抜けて奥へ入っていくと、大きな二枚画面ディスプレイを持つパソコンの前に、伊東がヘッドホンを頭に付けて座っていた。

パソコンから伸びたケーブルには、日高の携帯が繋がれており、ディスプレイには上下に細かく振れているジグザグ線が大量に表示されていた。

吾妻と大村は伊東の目に映るように、前に回り込む。

そこで気がついた伊東はヘッドホンを外して二人に微笑みかける。

「早かったですね。では、さっそくですが聞いてもらいたいものがあるんですが……」

伊東はヘッドホンのプラグをジャックから抜き、吾妻と大村はディスプレイが見える位置に空いていた椅子を持ってきて座る。

スピーカーの音量を調節しながら、伊東は二人に話し出す。

「残念ながら、こちらの携帯電話のデータは、多くの部分が破損していました」

吾妻は伊東を見ながら聞く。

「それでも、何かは拾えたんだね？」

「ええ、電話帳や通信履歴、メールなどはダメだったんですが、音声データだけは一部が拾えました」

「画像はなかったのか？　痴漢するような奴だったら、スカートの中を盗撮した画像とか入っているもんだろ？」

マウスで忙《せわ》しくパソコン画面を操作しながら、伊東は首を横に振る。

「画像データはありませんでした」

「列車と衝突した時に壊れちまったってことか？」

「そうではなく、この日高って人は携帯に一枚も画像を保存しておかなかったようです」

「画像を一枚も保存していない〜？　携帯が使えねぇじいさんじゃあるまいし、日高くらいの年齢なら友達とか今日食ったもんくらい撮るだろ？」

大村がそう言うと、吾妻はフムと小さく呟く。

「この携帯は日高の仕事用で、プライベート用のものがあるのかもしれないね」

「あとで携帯電話会社に問い合わせておきます。それで音声データはあったわけだな？」

大村は伊東を見る。

「最近の携帯電話についている『ボイスメモ』の音声データです。こちらはかなり多くのデータが入っていたようでしたが、やはりデータ欠損が激しく、一部分しか聞くことはできません……」

すまなそうな顔で伊東は二人に頭を下げた。

「日高はボイスメモを頻繁《ひんぱん》に使っていたのか……」

携帯アプリの一つであるボイスメモは、録音ボタンを押すとマイクが周囲の音を拾って、携帯のメモリーに音声データとして記録するもので、簡易のボイスレコーダーのように使用することができる。

吾妻は画面をじっと見つめながら言う。

「とりあえず、音声データを聞かせてくれるかい？」

「了解しました。データの復旧に時間をかければ、もう少し読めるファイルが増えるかもしれませんが、今、再生ができるのは、数個程度です」

「分かったよ」

マウスで一つのファイルをドラッグした伊東は、それを開いていたソフトの窓へ入れる。

そして、再生ボタンを押した。

《ジジジッ……ガガッ……ジジジッ……》

スピーカーからはノイズが大きな音で流れ出す。

「なんだ、雑音だけじゃねぇか？」

「もう少しすると、音声が聞こえてきます」

三人が耳を傾けると、スピーカーからは、

《タタタッ……ピィィィ……ガタンゴトン……横浜〜横浜〜……ガタンゴトン》

といった音が聞こえてきた。

「これは列車が構内へ入ってくる音……、こいつはホームで録音されたものか？」

吾妻に伊東は答える。

「このデータの録音が開始されたのは、事故に遭う日の十時四十五分からです」

「つまり横浜発十時四十九分の湘南新宿ラインに乗り込んだ時の音声データってことだね」

しばらく列車の走行音だけだったが、やがて、日高ともう一人の誰かが会話している声が聞こえてくる。

《よう……を持ってきたぜ……ガガッ……》

そう言ったのは日高のようだった。

《……これで……ジジジッ……揃《そろ》った……》

音声データの破損は酷く、耳障りな雑音があちらこちらに入っていた。

元々はもっとハッキリ聞こえていたかもしれないが、衝突の衝撃を受けたことで多くの音声データに欠損が現れているようだった。

《……は……ガガッ……用意してあるのか？》

《……にある……》

《……確かに……これが……ガガッ》

《ジジッ……までは一緒に……》

《ガガッ……では、そのあとはそっちで……》

《……任せて……》

そこで、伊東は一時停止ボタンを押した。

「このファイルはこれだけです」

「相手の声がよく聞こえねぇなぁ。これじゃあ男か女かもよく分かんねぇぞ」

大村がぼやくと、伊東は画面を大きくする。

「元々のデータには、もう少しハッキリ入っていたようなのですが、相手との距離が遠かったみたいです。会話が途切《とぎ》れ途切れで、何の話を二人でしているのか分かりませんが……」

腕を組んだ吾妻は、ふっと考え込む。

「それでも少しは分かるよ。たぶん、日高は事故当日、湘南新宿ラインの車内で誰かと会っていたということだ。話しぶりから見て、それは初めての人間ではなく、それまでに面識があったのだろう」

大村は吾妻を見つめる。

「なるほど……そうかもしれませんな。ですが、そんな親しい相手との会話を、録音しておくというのも変な話じゃありませんか？」

「日高はこの相手と、なんらかの取引をしているような気がするね」

「取引ですか……」

「たぶん、取引相手といったところなんだろう。あとで『言った』『言わない』といったビジネス上のトラブルを避けるために、日高は会話を録音するようにしていたんじゃないかな」

そこで、伊東は別のファイルを準備する。

「では、他のファイルも聞いてみてください」

「頼むよ」

そこから伊東は五、六本音声データを聞かせてくれたが、どれも雑音が酷く、相手の名前どころか、性別さえも分からなかった。

何度か聞いていた吾妻は、伊東の使っていたヘッドホンを指差す。

「ちょっと、それで聞かせてもらえるかな。それから、全てのデータを繰り返し流してくれ」

「分かりました、警視」

伊東はヘッドホンをパソコンに繋ぎながら、データを全てドラッグして、何度も再生されるようにリピートをかけた。

目を閉じながら音声データを何度も聞き返していた吾妻は、ディスプレイの一ヵ所をコツコツと叩きながら伊東に向かって指示をする。

「伊東君、この部分の背景音をできるだけ大きくしてから聞かせてくれないかな？」

「分かりました、警視」

伊東はマウスを右手に持って、スルスルとテーブルの上を動かしながら、吾妻に言われた音声データを拡大しては波形を整えていく。

こうすることで、今までは単なる雑音にしか聞こえなかった音が、音声になることもあるのだ。

しばらくすると、伊東は「できました」と大きな声をあげた。

「これは事故の日から約三ヵ月前の十月二十一日に録音されたデータで、この携帯に録音されたデータとしては、一番古いものだと思われます」

「じゃあ、再生をしてくれるかい」
伊東は「はい」と再生ボタンを押す。
《あんたか……ジジジッ……か……ガガッ……》
拡大したことで雑音も大きくなっていた。
「これは二人が初めて会った時みたいですな」
大村が呟くと吾妻はうなずく。
「そうみたいだね」
スピーカーから耳を塞ぎたくなるような音が飛び出すと、大村は耳に両手をあてて顔を背ける。
「こいつも音が酷いな」
《ガガッ……この駅に降りたのは初めてだ……》
《……遅かった……日高……》
相変わらず男女不明の声が聞こえる。
《ガガッ……はいいが……ジジッ……にされるのはたくさんだからな……ガガッ》
ノイズ音の多い音声データは大村が推理したような内容を思わせるものではあったが、会話が飛び飛びであり決定的な言葉が見つかるようなことはない。

「日高が録音した時の相手は、全て同じ人間のようですね……」

「そんなことが分かるのか？」

大村に聞かれた伊東は、各ファイルの音声データをディスプレイに並べてみせる。

「ほら、波形がかなり似かよっています」

「日高はこの人物と会う時には、いつも録音をしていたってことか？」

「そういうことかもしれませんね」

ディスプレイに向かって身を乗り出した大村は、波形をじっと見つめる。

「誰も知らない日高の秘密を、こいつだけが知っているってことかもしれねぇな。たぶん、こいつはヤバイ相手だったんじゃないか？　だから、録音なんかやっていやがったんだろう」

伊東は大村を見返す。

「秘密……ですか」

「もしかすると、日高が製造していた弾薬の行方についても、こいつに聞けば何か分かるかもしれない」

その時、吾妻は、

「ここだね」

と、無音の箇所で呟いた。

「ここがどうかされたんですか？　警視」

大村に向かって吾妻は微笑む。

「背景に列車の走行音が聞こえているよ」

「走行音……ですか？」

伊東はマウスをすっすっと動かしてさらに小さい音を大きくする操作をしてから、リターンキーをパチンと力強く押す。

《……カタンカタン……カタンカタン……カタンカタン……カタンカタン……カタンカタン……カタンカタン》

そこにはレールの繋ぎ目を車輪が越えていく音が合計十二回記録されている。さらによく耳を澄ましていると、走行音の後ろにキィイイインとかなり強烈で長い金属音も聞こえていた。

「ほらね」

吾妻は少し嬉しそうに言うと、伊東は感心したように呟く。

「確かに列車の走行音ですねぇ。警視、よくこんな小さな音が聞こえましたね」

「鉄道ファンは走行音が好きな奴が多いんだ。僕も寝る時にはいつも聞いているから、気になってしまったんだよ」

「……寝る時に列車の走行音を聞いていらっしゃるんですか？」

警視に向かって「なんですか？　それ」とも突っ込めない伊東は、アハッと愛想笑いを浮かべる。

「では、背景の音に絞って、もう少し音をハッキリさせてみましょうか」

「いいね。よろしく頼むよ」

吾妻から指示を受けながら、伊東は細かくパラメーターを調整し何度も音声ファイルを修正し、音声データを加工する。

しばらく作業を続けていると、ノイズは減らされ走行音と金属音は、普通の人にも聞こえるようになってきた。

「かなりハッキリしましたね」

「伊東君、これはいい走行音だね。メールで僕のほうへ送っておいてくれないか」

「では、あとで送っておきます、警視」

走行音の再生に盛り上がる二人を冷静に見つめていた大村は、少しはにかんだような顔をする。

「警視、列車の走行音が聞こえるようになったのは、いいんですが……その……そんなこととしても意味はないのではありませんか？」

大村としては吾妻と伊東がやっている作業が、あまり意味のないことのように感じたのだ。

「これで『日高は線路近くで、十月二十一日に誰かと会っていた』とは分かるかもしれませんが……、列車は日本中に走っとるわけですので、二人の会っていた場所を特定できませんし……」

「いや、そんなこともないよ」

「警視はこんな音から、収録現場を特定することができるのですか？」

吾妻ははにかむ。

「僕も『音鉄』じゃないからね。どんな列車でも分かるってわけじゃないけど、こいつには大きな特徴があったもんだから」

音鉄は鉄道ファンの中でも音を聞くことが好きな人のことで、車両の走行音、エンジン及びモーター音、車内放送、駅発車メロディなどをＩＣレコーダーなどに録音してコレクションしている。

「走行音に特徴……ですか？」

伊東は気を使ってもう一度再生してくれるが、大村は「よく分かりませんな」と首を捻る。

「強《し》いて言えば、車輪の音が十二回しかしませんから、三両編成の車両が走っている路線ということぐらいでしょうか？」

吾妻はディスプレイを指差す。

「そうだね。普通はそう思うけど……。カタンカタンと車輪の音が二度ずつするのは、少しおかしいと思わないかい？」

大村はすっと目を細める。

「二輪ずつ……。確かに……普通はガタンゴトンガタンゴトンと四回車輪の音がするはずですな」

不思議そうな顔をしている伊東に、吾妻は説明するように話す。

「日本のほとんどの車両は、二つの車輪を一セットにした台車を、車体前後に一つずつ履いているから、二回ずつまとまった音が鳴る」

吾妻はテーブルの上に携帯を置いて車両に見立て構造を説明する。

そこで、大村は右手でパチンと膝《ひざ》を打つ。

「こいつは連接台車の音かっ！」

大村は鉄道警察隊での経験から、そのことに気がついたようだった。

「そういうことだね」

まだ、伊東だけは、きょとんとした顔。

「なんです？　その『連接台車』って。私の人生で初めて聞いた言葉ですよ」

大村は吾妻の携帯の横に自分の携帯を置きながら、その下に車輪をイメージした円を描く。

「連接台車つうのは、車両と車両の間に台車を置くようになっている奴のことさ」

「へぇ〜そんな車両があるんですね」

伊東は感心して聞き返す。

「連接台車にすると、台車そのものの数を減らせるから車体重量の軽減になり、メンテナンスの手間が減る。それに急カーブも曲がりやすくなるって聞いたがな」

そんな大村と目を合わせた吾妻が、話を続ける。

「そして、今、連接台車を履いた車両を使っている鉄道会社はかなり少ない。関東であれば小田急のロマンスカーか……」

吾妻がニヤリと笑うと、大村はハッと何かに気がつき声をあげた。

「こいつは……江ノ島電鉄かっ」

「そういうことです」

吾妻は微笑む。

「車輪がレールの間を通過した音は十二。江ノ島電鉄で使用している車両は、二両編成に三つの台車がついているものを四両編成で走らせているからね」

つづけて吾妻が説明する。

「連接台車を使用している小田急ロマンスカーなら、十両編成以上あるから、音は二十回以上鳴るはずだね」

全てのことが分かった伊東は、「ほぉ〜」と感嘆の声をあげながら目を大きく開く。

「では、この音声ファイルから日高が、十月二十一日に江ノ島電鉄の沿線で、誰かと会っていたことが分かるということなんですね」

吾妻は顎を右手でさすりながら微笑む。

「ついでに言えば、十月二十一日に日高が下車したであろう江ノ島電鉄の駅も予測がつく」

「そんなことまで分かるのですか?」

吾妻の鉄道に関する知識の深さと、推理力の高さに伊東は感心したようだった。

「もう一度流してくれないか?」

伊東が「はい」と返事して流し出すと、吾妻はスピーカーを指差す。

「もうすぐ例の連接台車の音が聞こえてくるけど、それが終わると金属の擦《こす》れる音が入っているよ」

全員で耳を澄まして聞いていると、カタンカタンという車輪の音が終わった瞬間にキィイイインと甲高い音が聞こえてきた。

「本当ですね……確かに、そんな音がしますね」

マウスに右手を置きながら伊東がうなずく。

「これは車輪がレール側面に擦れることによって鳴る音でカーブを曲がる時によく聞く音だ。だが、江ノ島電鉄でここまで長く聞こえる場所は、たぶん、江ノ島駅を鎌倉《かまくら》方面へ出てすぐのところさ」

「あ～併用軌道になっているところですね」

大村はすぐに気がついた。

江ノ島電鉄江ノ島駅から鎌倉方面へ向かうと、すぐに道路上を走る場所がある。

「あそこは鉄道法規適用区間として日本最小のR28のS字カーブがあって、いつもかなり大きな音をたてながら通過しているからね」

「つまり、日高は江ノ島駅近くで、この声の主と十月二十一日に会っていたってことですな」

そこまでの推理を聞いた伊東は、少し感動した顔で吾妻を見つめる。

「こういった言い方は警視に失礼かと思いますが、さすが鉄道事件を専門に扱う、テッパンですね」

「あっはは。こんなの大したことじゃないよ。きっと、ちょっとした鉄道ファンなら、誰でも分かってしまうんじゃないかなぃ」

口を大きく開きながら、吾妻は謙遜《けんそん》する。

腕を組んだ大村は、

「ここまで分かったのですから、江ノ島駅で聞き込みをしてみますか？　警視」

と、真剣な目をして聞く。

「三ヵ月前のことをかい？」

「えぇ、かなり時間は経《た》っていますが、日高のことを覚えている人がいるかもしれません。そうすれば、ヤバそうな取引をしていた奴についても……」

吾妻はフム～と小さく息を吐き出す。

「それはちょっと難しいだろうねぇ。日高や仲間たちが目立つような格好をしていたとかなら分かるが、単に江ノ島駅付近のカーブにいたんじゃないかという程度では、三ヵ月前の記憶は怪しいだろう」

大村は組んでいた腕に力を入れる。

「せっかくここまで分かったのに、残念ですなぁ」

そんな大村に向かって吾妻はニヤッと笑う。

「だけど、日付と駅が分かったんだから、少しくらいなら手掛かりを得られるかもしれないよ」

吾妻は携帯を取り出してみせて続ける。

「改札口の交通系ＩＣカードのデータを調べてみようか？　日高と相手が交通系ＩＣカードを使って打ち合わせや取引に行っているなら、改札口のデータに入出場履歴情報が残っているはずだからね」

そこで伊東も吾妻の狙いに気がついた。

「昨日、日高が列車に乗った横浜駅、それと事故のあった大崎駅の乗降者データ。それと十月二十一日の江ノ島の乗降者データを比較しようってことですね。確か〜日高の遺留品の中に交通系ＩＣカードはありましたよ」

「音声データの相手が全て同じ人間だとすると、同じ日に、日高以外の交通系ＩＣカードを使用している者がいれば、そいつが声の主ってことになる」

吾妻が微笑むと、大村はガッと立ち上がる。

「では、すぐに各鉄道会社に連絡をして、データを提供してもらうように依頼します」

「そうだね。じゃあ、江ノ島電鉄のほうは大村さん、お願いします。前の事件のことで知り合いができたので、東日本のほうは僕のほうでやっておくから」

テロリストらによって放射性廃棄物を積んだ貨物列車を東京へ突入させようとした『北陸本線レールジャック事件』発生時、吾妻は陣頭指揮を執《と》ったこともあり、いくつかルートがあった。

吾妻は十二時前を示す時計を見ながら立ち上がる。

「では、すぐに各社に連絡しておこうか」

「はい、警視！」

大村は立ち上がり吾妻と共に歩き出した。

0006B

９ミリパラベラム弾

稲沢と只見は近くのコンビニで買ってきたサンドイッチと飲み物でお昼をすませた。

「もうあまり面白そうなもんは出てこねぇなぁ」

ガレージの中をほぼ調べ終わったらしい只見は、二階の稲沢のところへやってきた。

「お昼を食べてから、まだ三十分程度ですよ」

稲沢が携帯の時計をチェックすると、時刻はまだ十三時を過ぎたところだった。

「こんなにミリタリー関係の物があるのに、銃や弾薬がまったく出てこねえなんて……」

汗をぬぐった稲沢は、ふぅと息を吐く。

「こっちもハンドローディングマシン以外は、何も出てきません。部屋がこんなことになるくらいいい加減な奴だったら、完成した弾薬の一つくらい出てきそうなものなのに……」

周囲に無造作に積み上げられた段ボールの山を見上げながら稲沢はぼやく。

「部屋が汚《きたね》ぇからといって、用心深くないとは限らねぇからな。きっと、日高って男は一度痴漢で捕まったこともあって、警察に突然踏み込まれてもいいように、ヤバイ物は別の場所で管理していたのかもしれねぇな」

只見が周囲の段ボールを開きながら話すと、稲沢は右手で顎を二、三度さすりながら少し考え込む。

「困りましたね……」

只見は近くにあった段ボールのフタを開いて中を覗き込む。

「何が困ったんだ？　稲沢」

「警視から言われた物が一つも見つからないからです」

「それはいいんじゃねぇか？」

只見が気楽に言うと、稲沢は口元をグッと引く。

「私たちは裁判所からの捜索差押許可状を持って家宅捜索しにきたのですよ。なのに、この程度しか発見できなかったなんて……」

奥歯を噛みながら悔しそうにしている稲沢に、只見はフッと笑いかける。

「日高の家の状況は報告したわけだし、判断は吾妻警視に任せていいんじゃねぇか？」

振り向いた稲沢は「えっ？」と戸惑う。

「稲沢一人だけで頑張らなくたっていいんだぜ。俺たちテッパンはチームなんだからよ」

「それはそうかも……しれませんが……」

稲沢が呟くと、携帯にブルッと着信があり、緑のボタンを押して稲沢は携帯を耳につける。

「警視お疲れ様です」

《稲沢君、ご苦労さん。二人にやってもらいたいことがあるから、僕の声が只見にも聞こえるように、スピーカーから出してくれないか？》

「了解しました」

稲沢はスピーカーボタンを押しながら、只見に「近くに寄るよう」に右手を前後に動かした。

「なんです、警視。ハンドローディングマシン以外は、あまり面白いものは出ませんでしたよ」
電話の向こうからはフッと笑う声が聞こえる。
《自宅には何も置いていなかったか……。日高って男は、用心深いところがあるようだからね》
只見の言っていたことを吾妻も同じように感じていたことに、稲沢は少し驚いた。
《こっちでも少し調べてみたんだ。携帯に残されていた音声データから、日高は事故に遭うまで、誰かと頻繁に会っていたことが分かった。そして、この人物は日高の持っていた秘密について、なんらかの事情を知っていると僕は感じた》
「そんなデータが残っていたんですね」
《鑑識の伊東君が細かく分析してくれてね。そこで、十月二十一日に江ノ島駅で交通系ＩＣカードを使用した乗降客データを取り寄せた上で、日高が列車事故に遭った当日の横浜と大崎での乗降客データとすり合わせてみたんだ》
只見は少し体を引く。
「お疲れ様です。大量のデータチェックは大変だったんじゃありませんか？」
《横浜と大崎のデータは大量だったんだが、江ノ島で下車した客はあまり多くなかっ

たし、自動検索ソフトは伊東君がサラサラと作ってくれたからね》
稲沢は携帯に向かって体を伸ばす。
「それで、何か分かったのですか？」
《同じ番号の交通系ＩＣカードが使われたのは、二枚だけだったよ》
「一枚は日高のものですね」
稲沢が冷静に聞く。
《その通りだ。一枚は大和駅で発行された無記名のものだったが、遺留品として残っていた日高の交通系ＩＣカードと照合すると、シリアルナンバーが一致した》
「大和駅は相模大塚の一つ隣の駅だからな。それで、もう一枚は、どこの駅で発行されたものだったんですか？」
只見が聞き返す。
《藤沢《ふじさわ》だったよ》
「藤沢？　ここから割合近くですね」
稲沢は小さくうなずく。
《そうなんだ。そこで、二人には申し訳ないんだが、日高の家宅捜索は一旦中止して、藤沢へ向かってもらえないかな？》

「藤沢ですね、警視」

稲沢は淡々と復唱する。

「しかし、警視。氏名も顔も分からない状態では、日高が頻繁に会っていたという奴を見つけるのは不可能ですよ」

只見はふぅとため息をつきながら言う。

《僕も最初はダメかと思ったんだが、もう一枚のカードのほうは記名式で、氏名、生年月日、性別、連絡先の電話番号が分かった》

「そっ……そうなんですか？　不用心な奴ですね」

只見は呆れたようにぼやく。

《この人物は事故に遭う数ヵ月前から、日高と頻繁に接触していたようだが、どういう関係だったのかは、まだ、よく分からない》

「単純にカードを作った時に名前や電話番号を登録したことを忘れたのかもしれませんね」

《それもあるだろうし、この人物が犯罪に加わっているとも限らないからね》

「それで、そいつの名前は？」

吾妻は一拍置いてからボソリと言う。

《トクシマユキオだ。徳島は徳島県と同じで、下の名前は幸福の幸に、雄大の雄と書く。カードを作ったのは十年前くらいで、その時登録した年齢は四十歳。性別は男性となっている》

稲沢はタブレットパソコンを出してペンを構える。

「名前は徳島幸雄、現在は五十歳くらいということですね。連絡先の電話番号は、私の携帯にメールでお送りいただけますか？」

「あとで送っておくよ。電話番号は固定電話のものだったから、警視庁のデータベースにアクセスすれば、正確な住所が分かるはずだ」

「それで、徳島幸雄には日高との関係を聞いてくればいいのでしょうか？」

稲沢は吾妻に聞く。

《徳島を少し揺さぶって何か聞き出してきて欲しいんだ。たぶん、日高のことをしつこく聞けば、何かリアクションはあるはずだから》

ここでの捜索に飽きていたのか、只見は目を輝かせながら稲沢に取って代わる。

「了解しました、警視。では、徳島の家へ行って、聞き込みをしてまいります！」

《徳島から話を聞いたら、二人が感じたことを僕に報告してくれるかな》

「了解！」

二人で答え、稲沢は携帯を切った。

すぐにメールで徳島の連絡先が、稲沢と只見の二人に送られてくる。

稲沢がタブレットを使ってデータベースにアクセスすると、地図の上に正確な位置が表示される。

そこはとあるアパートの一室だった。

「徳島の住所は藤沢だが、最寄り駅は二つ手前の『善行《ぜんぎょう》』みたいだな」

只見と稲沢は、タブレットパソコンの画面を二人で覗き込む。

「この徳島って男が、事故に遭う日まで日高と頻繁に会っていたのですよね。この人もミリタリーマニアってことなのでしょうか？」

「まっ、行ってみりゃ何か出るだろ」

只見は気楽に言うが稲沢としては、あまり楽観的な気持ちにはなれなかった。

「そんなことでいいんですか？」

「現場は何が起きるか予測不可能だからな。扉を叩けばヘビかオニが出てくるさ」

「ヘビかオニ？」

呆れた稲沢は、ふぅと小さなため息をついた。

「じゃあ、徳島の家へ行くとするか」

「そうですね」

只見と稲沢は周囲の整理を簡単にすませると、不動産会社の越美に「極力現状を維持してください」とお願いして日高の家を離れた。

急いで相模大塚駅へ戻った二人は、十三時三十一分発の横浜行きの急行に乗って大和駅まで移動し、そこで小田急江ノ島線の十三時四十五分発各駅停車に乗り換え、大和駅から六駅先の善行駅に到着した。

善行には、快速急行、急行は停まらない。

複線を挟むように相対式のホームが並ぶ駅だった。

二人はホームから階段を使い橋上《きょうじょう》駅舎となっている改札口から左へ折れ西口へと出る。

神奈川中央交通のクリームと赤のバスの停まるロータリーの近くには、ハンバーガーショップとコンビニがあった。

駅前には一階が二十四時間営業のスーパーになっている五階建ての古いマンションもあるが、その向こうに並ぶ昔は商店街だったらしい店舗は、軒並みシャッターが下りていた。

その商店街を抜けて西へ五分も歩くと住宅街に入る。

善行は丘の上にあり、駅前から西へ広がっている住宅街は、屋根が絨毯《じゅうたん》のようにうねりながら続いていた。

「大きな家が多いな」

只見は周囲を見ながらぼやく。

周囲には五十坪以上ありそうな区画が続き、昭和《しょうわ》に建てられたような古い家々が建ち並んでいた。

さらに十分ほど歩くと、駅からの徒歩圏ということで、二、三階建てのアパートが並び出す。

「こっちです」

稲沢はタブレットの道案内に従って歩き、一棟のアパート前に着く。

アパートは二階建てで、壁は黄色で窓枠は緑に塗られている。

数年前にリフォームしたらしい壁はまだキレイで、道路に面している部分のコンクリート塀は、通路へ入る部分だけアーチ状になっていた。

「南仏風って言うのか？　こういうのは……」

只見は趣味じゃないようで、顔をしかめながら言う。

「海が近いからじゃないですか？」

「あ～湘南って感じか？　リフォームしてあるみたいだけど、こりゃ～かなり古そうだな。昭和の建物だから壁も薄そうだぜ」

「このアパートの一〇四号室です」

稲沢がアパート入り口にあったアーチを潜って通路を奥へ向かって歩いていき、その後ろを只見は首の後ろに両手を組みながらついていく。

正面がリフォームされていた割には、通路などはまだ昭和感が漂っていた。

そこに並ぶ扉は緑に塗り替えられただけで古さは否《いな》めない。

閉まった瞬間にバンと大きな音をたてそうだ。

稲沢は表札に「徳島」と書かれた一番奥の一〇四号室の前に立つ。

約一年ぶりとなる聞き込みに、少し緊張した稲沢はゴクリと唾を飲み込む。

「……ここのようですね」

稲沢が小さな声で言うと、只見も察して囁《ささや》くように返す。

「……そんなに緊張することはないぞ。ただ、日高について知っているかって聞くだけなんだからよ」

「分かりました」

只見は扉のドアノブのある側へ回り込む。

「……俺は見えないほうがいいだろう。居留守を使われちまっても面倒だからな」

只見は建物の壁にピタリと張り付き、ドアの真ん中にあるドアスコープから見えにくい位置に立つ。

稲沢は只見の行動を「そんなことで相手の態度が変わる？」と疑問に感じながら、ふぅ～と息を吐いてチャイムボタンに手を伸ばす。

キンコ～ン！

小さなハンマーが鉄のプレートを叩くような昔ながらの音が響いた。

その途端、ゴトッと中で人が動き出す音がして、トントントンと足音が近づいてくる。

その音が扉近くで止まった瞬間、稲沢はドア中央にあるドアスコープに向かって愛想笑いを浮かべた。

「徳島さ～ん。すみませ～ん警視庁の者ですぅ。少しお話を聞かせていただきたいのですが～」

声は普段から使うような強いものではない。

警戒心を持たれないよう、稲沢なりに精いっぱいやさしい声を出したのだ。

そんなトーンに只見はおかしくなってククッと笑いをこらえる。

稲沢は頬《ほお》を少し赤くしながら口をまっすぐに結ぶ。

「…………」

部屋の中からは何も音がしなくなった。

返事一つないので、足音は徳島だったのか、別の者なのかも分からない。

だが、中に人がいることは確実だ。

すっとドアの横で待機していた只見と目だけを合わせた稲沢は、「どういうこと？」と首をかしげてみせた。

警察が嫌いな人も多い。

だから、こういった聞き込みの際、インターホン越しでしか話さない人や、居留守を使って出てこない人もたまに見かけるものだ。

中にいるのが分かっているのに、

「ドアを開けてくれませんでしたので、話はまったく聞けませんでした」

と、警視に報告するわけにもいかない。

そこで稲沢は、揺さぶりをかけて反応を見ようと考えた。

日高に関して強引に聞き込みをすることで、そのリアクションに期待することにしたのだ。

まず、我々警察は中に人がいることに気がついているんだということをアピールする。

徳島にプレッシャーをかけるようにチャイムボタンを二度押す。

さらに、さっきよりも大きな声で扉に向かって叫ぶ。

「突然すみません！　徳島さん、中におられますよねぇ〜。大崎駅で事故に遭った日高さんって方のことについて、どうしても、お話を伺いたいのですがぁ〜」

大きな声だったが、今回も丁寧なトーンで話しかけた。

稲沢は「また笑っている？」と思いながら見たが、只見は真剣な顔でドア近くに迫り、中の音に耳を澄ませていた。

カッチャン……。

その時、部屋の中から、鍵の外されるような金属と金属が擦れる音がした。

やっと出てきてくれるものと安心した稲沢は、ドアスコープに向かって、思い切りニコニコと微笑む。

だが、次の瞬間、只見の眉間にグッとシワが寄る。

「稲沢！　伏せろ――‼」

扉の側から離れるように、勢いよく飛んだ只見は、一瞬でドア前にいた稲沢を胸に抱き、勢いよく横へジャンプする。

そのまま通路に倒れ、只見は稲沢を包み込むように思い切り抱きしめる。

声をあげる間もなく、稲沢が戸惑った瞬間だった。

ブルルルルルルルルルルルル!!

最高速でミシンを動かしているような、連続した機械音が周囲に響き渡った！

銃声の連続であることは稲沢にも分かる。

「ううっ！」

声を押し殺した稲沢は、目をギュッとつむって全身に力を入れて必死に体を縮めた。

バシッ！　バシッ！　バシッ！　バシッ！

射撃音が一つ鳴るたびに、アパートの扉には直径一センチ程度の穴が開き、外へ向かって噴火口のように開いた穴からは、ドアの破片が霧のように噴き出す。

稲沢と只見は顔を下へ向けたまま降りかかる破片をただ浴び続けるしかない。

コンクリートで当たってはねるチュンという音や、ブロック、植木鉢、ガラスなどに命中して、それらが壊れる音が激しいドラムソロのように周囲に響き渡った。

ブルルル……。

音が止まると同時に、キンキンと金属が床に落ちる音が響き、中からはガタンと大きな音がした。

銃撃が始まった瞬間から息を吸うのを忘れてしまっていた稲沢は、そこでやっとハァハァと体全体を使って呼吸を始めた。

「なっ、なに⁉」

驚く稲沢に只見が素早く答える。

「こいつはサブマシンガンによる銃撃だ！」

只見も大きく息を吸う。

「マッ、マシンガン？」

予想外の事態に、稲沢は思わず言葉を失う。

「徳島の奴、扉の向こうから撃ちやがったんだっ」

只見の指した緑の扉には上から下まで広範囲に穴が二十個くらい開いていて、付いていたドアノブも鍵穴も吹き飛んでいた。

一瞬で扉はハチの巣となっていたのだ。

いつもはクールな稲沢でも、さすがにこの時だけは冷静ではいられなかった。

「話を聞こうとしただけで、どうして、サブマシンガンの銃撃を受けなくちゃならないのですか!?」

「そんなもんは徳島に聞いてくれ！」

只見も冷静ではいられず強く言い返す。

「日高が製造していたのは9ミリパラベラム弾だったから、注意しておくべきだったかもな……」

只見が悔しそうに言うが、稲沢にはまったく理解できない。

「日高が作っていた9ミリパラベラム弾は拳銃用のものって言っていたでしょう？」

只見は扉に意識を集中させながら、周囲に人が集まってきていないか確かめるように見回す。

「9ミリパラベラム弾は拳銃用の弾薬だ。そういった拳銃弾を連続で発射できる『短機関銃』または『サブマシンガン』って呼ばれる銃もあるんだ」

「……そんな」

突然の事態を、まだ信じられなかった稲沢は、さっき感じたことを只見に聞く。

「サブマシンガンの発射音ってあんなに静かなものなのですか？　訓練で拳銃を撃った時、一発でもかなりの大きさだったのに……」

稲沢も拳銃訓練として「.38スペシャル弾」を使用してM360J　SAKURA五連発リボルバーを撃ったことがあった。

「BB弾を発射する電動ガン程度に聞こえるのは、9ミリパラベラム弾が小さいからさ。おかげで周囲の者が銃声とは思わなかったみたいだな」

扉が壊される音を聞いた人が、ドアや窓を開いてこちらのアパートをチラチラと見ているが、音の原因を見つけられなくて首を捻っている。

そっと頭を上げた只見は稲沢から離れると、素早く建物に体をつけ再び扉の横に立つ。

「稲沢は神奈川県警に連絡して応援を呼び、ここへ一般人が近づいてこないように注意してくれ。俺は徳島を確保する」

「一人じゃ危ないですよ」

「それは分かっているが、このまま放置もできない。徳島は近所の人を人質にとるかもしれないし、自暴自棄となって窓から周囲に向かって無差別に銃撃を加えられたら大変なことになっちまう」

この状況では只見の指示に従うほかない。

稲沢は銃を持った容疑者はおろか、ナイフを持った者さえ相手にしたことはなかった。

「分かりました。だけど、無理はしないでください」

「俺だってケガはしたくはないさ」

稲沢はまず自分の身の安全を確保するために、上半身だけを起こし、下半身を引きずるようにして両手だけで通路から外へ転がり出る。

そして、腰ぐらいまでの高さの緑のコンクリート塀の向こうへ飛び込むようにして隠れた。

周囲には銃撃によって崩れたコンクリート片や金属片が散らばり、地面には弾頭と思われる三角形の金属も落ちている。

それを見た稲沢に震えが起きてしまった。

稲沢が携帯を使い神奈川県警へ連絡をし始めると、只見は扉の前に立って部屋の中の音に耳を澄ませながら、ふぅぅと深く息をしていた。

警視庁の私服警官は、普段から拳銃など所持することが少ない。無論、稲沢も只見も銃は携帯していなかったため、素手でサブマシンガンを持つ容疑者と渡り合わなくてはいけない状況だった。

神奈川県警への応援の依頼を終えた頃、只見が首だけを動かして「いくぞ」サインを送ってくる。

稲沢は静かにうなずく。

すっと、静かに手を伸ばした只見は、少し開きかけていた扉の端を指で引いた。

ギィィィ〜。

ドアクローザーにもダメージがあったらしく、情けない悲鳴をあげながら扉はゆっくりと開いていく。

稲沢は銃撃に備えて身を伏せたまま注視する。

ドアクローザーに扉を引き戻す力は既に残っておらず、そのまま壁にガツンとぶつかって止まる。

大きく右手を振った只見は、ロパクのように大きく口元を動かしながら小声で聞いてくる。

「稲沢……そっちから中の様子が見えるか？」

少し落ち着いてきた稲沢は、自分は警察官であるという意識でグッと恐怖を抑えつける。

コンクリート壁から祈るような気持ちでゆっくりと頭を出しながら、部屋の中を覗き込むと、玄関から奥へ延びる廊下が見え、その向こうにはリビングが見えている。

ベランダに通じる窓には白いレースのカーテンがかかっていて、風にあおられてフワフワと流れていた。

「徳島は……」

動き出す影に注意しながら、じっと室内を確認していくが、人影はおろか気配も感じられなかった。

部屋の中を確認した稲沢は只見に向かって叫ぶ。

「中に人影は確認できません！」

「本当か!?」

壁から体を離した只見は、スルスルと玄関前へ体を動かしてスルリと玄関に体を滑り込ませる。

「ちっ……逃げられたか！」

中から人の気配を感じられなかった只見は、土足のまま廊下へと突入する。

近接戦闘に備える只見は、体を右壁に沿わせたまま、ありとあらゆる方向に気を配りながら歩いた。

稲沢も只見に続いて玄関から中へ入る。

「これは……」

さっきの銃撃によって廊下は強烈な地震に遭ったような状態になっていた。

天井のLED照明は割れ、ダイニングにあった食器類も砕け散り、壁という壁にはオノでも打ち込まれたような裂け傷がついている。

そして、床には空薬莢が派手に飛び散っていた。

「こいつはイングラムかウージーピストルか……。なんにしろフィリピン製か中国製の粗悪なコピー品だろうけどな。この感じは片手で撃ったな……フルオートで」

「だから、室内がこんなことに……」

「撃つたびに銃身がはねるから、変な方向へ飛んだ弾頭が跳弾したんだろう」

只見の話を聞いていた稲沢は、ますますぞっとする。

一般人の拳銃の所持さえ許されていない日本で、聞き込みに来た警察官に対して、徳島はサブマシンガンを撃ち込んできたのだから……。

稲沢は部屋の中を見回しながら奥歯を嚙む。

「そんなものを徳島はどこから……」

「反社会勢力にルートがあれば、こういった武器はそれほど入手が難しくないと、組織犯罪対策第五課の人が言っていたよ」

警視庁で「組対五課」と呼ばれる組織犯罪対策第五課は、銃器や薬物事件を主に扱っている。

リビングにも徳島の姿を認められなかった只見は、ベランダへ出て、体を伸ばして左右の道路に徳島がいないかチェックする。

「最初の銃撃が終わったあと、大きな音がしたが、あの時に既に外へ逃走してしまったのかもしれないな……こりゃヤバイぞ」

悔しそうに奥歯を噛んだ只見は稲沢を見つめて続ける。

「すぐに警視に状況報告だ！　稲沢。俺は近くに潜伏していないか周囲を見てくる」

「了解！」

リビングから出ていく只見の背中を見ながら、稲沢は慌ててバッグから携帯を取り出し、吾妻に電話をかけた。

遠くからはパトカーのサイレンの音が聞こえ、近づいてくるのが分かる。

稲沢は改めて部屋の中を見回す。

徳島の部屋はシンプルそのもので、壁は真っ白のまま何も貼られていない。

こういった家にはよくある大きなテレビもなく、古そうなパソコンだけが部屋の片隅の床に置きっぱなしになっていた。

唯一部屋の中に置かれていたカラーボックスには、Ａ４サイズのベージュのスクラップブックが何十冊もキレイに並べられていた。

「何を読んでいたのかしら？」

スクラップブックを開くと、中には首都圏で起きた列車事故に関するものが貼られていた。

一つ一つは丁寧に整理されており、雑誌や新聞以外にも、運転士組合の会報なども切り抜かれていた。

稲沢は現場写真をタブレットに数十枚撮影する。

そこで呼び出し音は止まり、声が聞こえた。

《どうだった？　徳島は？》

吾妻に向かって稲沢は報告する。

「警視、それが大変な事態に……」

稲沢の返答に吾妻は真剣な声で返す。

《何があった？　稲沢君》

「先ほど、徳島の家に到着しドアの外から呼びかけてみたのですが、突然サブマシンガンによる銃撃を受けました！」

稲沢の第一報を受けた吾妻は「なに!?」と大きな声で驚く。

《それで、二人にケガはなかったのか？》
犯人のことよりも部下の身の心配を先にするところが、手柄を重視する警視庁内においては「変わり者」と呼ばれる吾妻らしいところだ。
「ありがとうございます。只見さんが銃撃の兆候《ちょうこう》に気がついてくれたおかげで二人とも無事です」
《そうか、それは良かった。今回はミリタリーマニアの只見に感謝だな》
少し落ち込んでいる稲沢を気づかったのか、吾妻はそんなことを言った。
「ええ……はい、確かに」
戸惑いながら稲沢が答えると、吾妻はフフッと小さく笑った。
《それで、徳島は突然撃ってきたって言っていたね》
「はい。チャイムボタンを押し、扉の前から『話を聞きたい』と声をかけたのですが、徳島は玄関へ出てくることもなく三十発程度の銃撃を行い、そのまま反対側のベランダから逃走したようです。只見さんの推理では9ミリパラベラム弾を使用するサブマシンガンで撃ったのではないかとのことでした」
「じゃあ、徳島はそのサブマシンガンを持ったまま、町へ逃走したということかい？」

「はい……申し訳ありません。先ほど只見さんが徳島を追っていきましたが、踏み込むまでに時間がかかってしまいましたので……」

吾妻からはムゥと唸る声が聞こえる。

《それは困ったことになったたな。サブマシンガンは小型のものなら二十センチ程度だから、セカンドバッグくらいの鞄《かばん》があれば隠して持ち歩けてしまう》

「そんなに小さなものなのですね」

稲沢は戦争やギャング映画で登場するような胸にあてながら両手で抱えて、弾を撃ちまくる銃を想像していたので、拳銃とあまり変わらない大きさに驚いた。

《しかし、いきなり撃ってきたのか……誤魔化《ごまか》すこともなく、居留守を使うこともなくか……》

吾妻はその部分に引っかかったようだった。

そこへ汗びっしょりになった只見が、息も絶え絶えになりながら戻ってきた。

「ダメだ！　見失った！　善行駅方向へ逃走していったようだが……」

そんな只見にうなずいた稲沢が、吾妻に報告しようとすると、

《只見の声は聞こえたよ》

と、言われた。

ウーーー　ウーーー　ウーーー

パトカーのサイレンの音は最高潮まで高まり、近くで停車するのが分かった。

バタンバタンと激しくドアの開け閉めが行われ、

「犯人はどこだ！」

「犯人は銃を所持しているぞ！」

と、捜査員らの怒号が周囲に飛び交う。

「私と只見さんはどうすれば？」

「こちらからも神奈川県警には連絡しておくから、現場の聴取がすんだら、こっちへ戻ってきてくれないか？」

吾妻は言った。

「了解しました！」

電話を切ると、室内には神奈川県警の捜査員らが大挙して入ってきた。

0007B

挑戦

警視庁刑事部捜査一課・特殊犯捜査第四係にいた吾妻は神奈川県警に連絡をとり、徳島の自宅付近の封鎖と家宅捜索を依頼した。

電話を終えると、机の前に大村がやってきた。

「お疲れ様です、警視。神奈川県警は怒っていませんでしたか？」

大村が苦笑いしてみせると、吾妻は応《こた》えるように愛想笑いを浮かべた。

「たぶん、上のほうはかなり怒っているんじゃないかな？　一応、我々が徳島に話を聞くことは現場に連絡していたとはいえ、銃撃事件が発生して、あげく犯人を取り逃がしたわけだから」

大村はニヤリと笑う。

「ですが、神奈川県警だって、管内で弾薬を製造していた奴やサブマシンガンを所持していた奴が潜伏していたにもかかわらず、まったく把握できていなかったってことですから、彼らとしても怒るに怒れないってところでしょうな」

「というわけで、表面上は『了解』ということで、本件は両警察共同であたることになったよ」

「ってことは……本部が立ちますな」

吾妻は背もたれに背中を預ける。

「さっき後藤寺警視正から『準備に入った』と聞いたから、警視庁内にすぐにでも立ち上がりそうだよ」

「では、警視。また忙しくなりそうですな」

「そこはどうだろうね。今回の場合、銃器も絡んでいるから、組対五課が仕切るかもしれないが、それだと、少し困ることになるかもしれない」

吾妻は真剣な顔つきで言った。

「というと？」

吾妻は机から一冊の黒いレバーファイルを取り出して、大村に向かって見せる。

「なんですか？　これは」

と言いながらレバーファイルを開くが、中の書類はびっしりと英語で書かれている。

「警視はスラスラ読まれるんでしょうが、私にはもうチンプンカンプンですな。これは稲沢にでも翻訳してもらわんと……」

右の口角だけを上げて大村は笑った。

「昨年のヨーロッパにおけるテロ事件についてまとめられたレポートなんですよ。それによると、数年前まで主流だった『手製爆弾による自爆』から、『機関銃乱射』にテロの主流が変わってきていると書かれているんだ」

「機関銃乱射テロ？」

吾妻はうなずく。

「機関銃をバッグなんかに忍ばせてソフトターゲットの多いレストランやクラブに侵入し、そこで機関銃を取り出して乱射し、無差別に多くの死傷者を出すというタイプのテロだよ」

真剣な顔で大村は、深いため息をつく。

「迷惑極まりない犯罪ですなぁ～。確か……フランス、アメリカ、イギリスはもちろんのことインドネシア、トルコなど宗教対立の多い地域ではかなりの事件が起きていますね」

「爆弾は一つ一つハンドメイドだから、テストをすることができない。ましてや自作の時限装置なんていうのは不安定極まりなく、作動しないことが、やたらとあるそうですから……」

吾妻は顔を上げた。

「そこで奴らは自らを運び屋兼時限装置として自爆テロを行っているわけですよね。それも酷い話ですが……」

大村は腰に機関銃を構えるような仕草をする。

「それで機関銃乱射テロってわけですか……」

「たぶん、アメリカであった『コロンバイン高校銃乱射事件』あたりがヒントになっていると思うんだが、ソフトターゲットが多い場所で銃の乱射を行えば、爆弾テロを行うよりも多くの被害者を出せると気がついたんだね」

吾妻は机の上に両肘《りょうひじ》をつき、まっすぐに大村を見つめる。

「それに犯人が逃走するチャンスもゼロじゃありませんからな」

吾妻はうなずく。

「自爆テロでは実行犯は必ず死んでしまうが、機関銃乱射テロの場合は、生き残る可能性があるわけだからね。実際、レポートを読むと、犯人らは犯行現場からは無事逃走できていることが多い。無論、数日中に現地警察によって容疑者は特定され、ほぼ全員銃撃戦の末に射殺されるか、逮捕されているけどね」

そこで、大村は吾妻の曇った顔に目を下ろす。

「ですが警視……徳島はそこまでのことをやる気でしょうか？」

吾妻はすっと顔を上げて大村を見た。

「そんな予測は外れてくれればいいが、徳島は家へやってきた警察官二名に向かって、なんの躊躇もなく銃撃を加えているのが気になる」

大村の額に汗が浮く。

「……確かに。そんなことは普通ありませんな」

「どんな事情があるにせよ。一旦は警察官を追い返すのが普通だろう。室内で物音をたてたとしても居留守を使っていれば、令状がない限り警察官は踏み込んでこないんだから……。つまり、徳島は只見らが家に来るずっと以前から、既に自暴自棄だったということなんだろうか？　そもそも、聞き込みにやってきた警察官に銃撃を加えた、徳島の動機がまったく分からないね」

大村はハンカチで額を拭きながら、じっと机の一点を見つめて考え込む。

「確かに、現在の状況証拠だけでは動機は見えてきませんな」

「もしかすると……徳島はもう社会へ戻る気はないのだろうか？」

「社会へ戻る気がない？」

「徳島がそう覚悟を決めていたなら、もしかすると、駅構内で機関銃乱射をやるかもしれない……」

「えっ、駅構内ですか!?」

大村の目は黒目が全て見えるくらいに開かれる。

「無防備なソフトターゲットが多く集まっている場所を厳選していけば、自然に学校や駅になる。学校は閉鎖空間だが、駅だったら鉄道、タクシー、バスなど逃走ルートも豊富だしね」

吾妻の頭には恐ろしい光景が浮かび上がった。

無論、そんな事態は大村にも想像がつく。

「駅構内での機関銃乱射テロ……。そんなものが本当に行われれば、被害者はどんなに多くなるか想像もつきませんよ、警視」

「だから、この事件は迅速に解決しなくてはならない。単に銃器の摘発などと言っている場合じゃない」

そこで吾妻の厳しい顔を見つめた大村は、深いため息をつく。

「上層部はそう考えていないわけですな。いつも通り組対五課の仕切りで武器の摘発をと……」

「後藤寺係長は理解してくれて、上層部に説明してくれたんだが……」

吾妻は首を小さく横に振る。

「理解は得られませんでしたか？」

「公安部長曰《いわ》く『そんなことは日本ではありえない』ということらしい。日本の警察は前例がないことには、基本的に対応するのが難しくなっているから」

「既に警察官に対してサブマシンガンで銃撃が加えられているわけですから、それがすぐにでも一般人へ向けられると考えられないんでしょうか？」

「状況は理解していても……そこは色々と内部の力関係もあるから難しいみたいだ」

吾妻は寂しそうに言うと、大村は悔しそうにチッと舌打ちをする。

「このヤマが鉄道内で起こる特殊犯捜査となれば、テッパンが問答無用で仕切れるんでしょうが……」

吾妻は肘をつけた両手に顔を載せる。

「そうした状況に、早々なるかもしれないけどね」

その時、デスクの上にあった電話機が勢いよく鳴る。

「はい、吾妻です」

《先ほど『自分は第4旅団メンバーの徳島だ』と名乗る者から脅迫電話が入った。至急、第三会議室に設置中の特別捜査本部へ向かい現場指揮を執れ》

吾妻の上司である後藤寺係長から、単刀直入に指示が出された。

「相手は徳島一人ではないのですか？」

《それはまだ分からん。先ほど公安部に問い合わせてみたが、第4旅団などという組織名は「初めて聞く」とのことだ。よって、大きなグループなのか個人なのかは、現段階ではまったく分からない》

吾妻は矢継《やつ》ぎ早《ばや》に質問する。

「連絡は警視庁に直接ですか？」

《一分ほど前に警視庁の代表にかけてきたそうだ》

吾妻は徳島がかなり早く動くのではないかと考えていたが、銃撃事件から数十分で、しかも、警視庁へ脅迫電話をかけてくるとは思っていなかった。

「徳島からは何か要求があったわけですね」

吾妻が少し安堵《あんど》しながら聞くことができたのは、問答無用に徳島が事件を起こすのなら防ぎようがなかったが、警視庁へ電話をかけてきたということは、徳島になんらかの主張や要求があるのが分かったからだ。
《まずは「横浜駅から全ての警察官を引き上げろ」って言ってきた》
「横浜駅から？」
横浜駅の規模は膨大《ぼうだい》であり、徳島の要求はあまりに滅茶苦茶《めちゃくちゃ》だ。
《徳島は「要求が十五時までに通らない場合は、駅構内で機関銃乱射を行う」と言ってきた》
吾妻はチラリと腕時計を見ると、十五時までは、あと二十分くらいだった。
「今すぐ特別捜査本部へ向かいますが、さすがに二十分で対応は――」
後藤寺係長は吾妻の言葉を遮る。
《それは理解している。そこで、横浜駅の対応については神奈川県警に一任された。君は、それ以降の指揮にあたれ》
「とりあえず、逃走のために横浜駅を手薄にしろという要求は分かりましたが、徳島は何を狙っているのでしょうか？」
《それは詳しくは分からん。徳島は「あとは責任者としか話さん」と言って電話を切ったそうだ》
「命令、了解しました。吾妻警視、只今より特別捜査本部において事件の指揮を執ります」

《よろしく頼む》

受話器を置いた瞬間、大村は吾妻のスーツの上着を持って机の横に立っていた。

二人の会話を聞いていた大村は、すぐに察知して自分のデスクに戻って用意を終えていたのだった。

「徳島のおかげでこっちに回ってきたようですね」

「この際は徳島に感謝だが……。こいつは、ちょっと手強いかもしれないね」

吾妻は机の上のラップトップパソコンを畳みながら微笑むと、大村が広げて用意してくれた上着に腕をすっと通す。

「警視庁へ脅迫電話をかけてきたそうです」

「警視庁へ脅迫!?　奴は何を考えているんでしょうか？」

大村は顔をしかめた。

二人は足早に歩き出しテッパンを後にする。

「迷いのないところを見ると、計画もしっかり作ってあったんだろうね。でなければ、こんなことはすぐにできなかっただろう」

「只見らが家に来てしまったことで、仕方なく計画を早めただけかもしれませんよ」

「そうだと、いいんですが……」

「そう言えば、徳島単独ではなくグループだったのには驚きましたな」

そう言う大村に吾妻は指示を出す。

「それから大村さん。至急、只見と稲沢をパトカーで横浜駅へ送ってくれるように、神奈川県警にお願いしてもらえますか？」

「分かりました」

大村は携帯を取り出して只見へと電話を始める。

日高の痴漢事件が真相に辿り着いていないのに、次々新たな事案が発生していくことに、吾妻は「これは巨大な事件に発展するのではないか？」という言い知れぬ不安を感じ始めていた。

0008B

汚名返上

1

「なんだこりゃ？」

神奈川県警の覆面パトカーから降りた只見は、駅前の混乱ぶりに呆れた。

大村から「徳島からの脅迫電話が入った」と、詳細を聞かされた只見らは、現場の状況を報告すべく横浜駅へ来た。

時刻は十四時五十五分。徳島が機関銃乱射を予告した時刻まで、あと、五分と迫っていた。

駅構内には警察官による放送が鳴り響く。

《只今、横浜駅へのテロ予告があり、駅構内への一般の方の立ち入りを制限しております》

「パニック状態ですね」

改札口はおろか駅を南北に抜ける地下自由通路も全て閉鎖したため、客が駅から溢《あふ》れていた。

テロ予告があったと聞いても客らは駅から離れることもなく、ロープを張る警察官や客誘導している駅員に詰め寄る始末だった。

「テロって聞いても、日本じゃ現実味はないからな」

稲沢は不安な目で見つめる。

「これでさっきみたいな銃撃を受けたら、反対に被害が大きくなってしまうかもしれません」

「といっても、客を力ずくで押し戻すわけにもいかないだろう」

二人は大混乱となっている入り口周辺から離れるようにして歩き出した。

相鉄線方向へ歩いた只見は、そこに立っていた一人の若い制服警官に近づく。

胸元から警察手帳を出して警官に見せた。

「状況はどうなっているんですか？」

「上からの命令で全警察官は横浜駅から出るようにということです。その上で横浜駅は現在封鎖中です」

「封鎖？」

制服警官はうなずく。

「ええ、基本は爆破予告のあった時と同様の対応をせよとの命令でした。警察からの連絡を受けた横浜に乗り入れる鉄道各社は、安全が確認されるまで全て運転を見合わせ、横浜駅には一編成も入線させないとのことです」

「それで、こうなっているのか……」

横浜駅から列車に乗ろうとする客がますます増え、駅周辺はごった返していた。

「こうなると、横浜駅から離れるのも一苦労ですね」

「震災時と変わらねぇな」

列車が動かなくともサラリーマンは、次のアポに遅れるわけにはいかない。

タクシー乗り場には長蛇の列ができているが、やってくるタクシーの数は僅《わず》かで、混乱は酷くなりつつあり収拾の見込みはなかった。

「あ〜ん!?　全て鉄道が止まってるだと〜」

「待ち合わせに遅れるわけにはいかないの〜」

掲示板や案内放送を聞いた客らが大きな声で文句を叫び、大混乱の状況を携帯カメラに撮って次々とSNSにあげていく。

「ありがとうございました」

制服警官に会釈して只見らは歩き出す。

時刻は徳島の予告した十五時になろうとしていた。

「これじゃあ徳島も困るんじゃないのか？」

さらに増えていく客を見ながら只見は言う。

「警察官を横浜駅から退去させて逃走しやすくするのが狙いだったはずだけど、神奈川県警が列車も停めて駅を封鎖するとは、考えなかったのでしょうか？」

「だとすると……」

只見は駅を囲むように設置されている広い歩道を埋め尽くす群衆を見回す。

「徳島も巻き込まれてしまって、この中にいるんじゃないのか!?」

「そうかもしれませんね」

腕時計を見た只見は、すっとその場に立ち止まる。

「よしっ、時間だ！」

二人は背中をくっつけるようにして立ち、周囲三百六十度全てを警戒できるようにした。

稲沢は「こんなところで銃の乱射なんてされたら、どんなに犠牲者が出るか……」と焦りながら、変な動きをする人間を群衆の中から探す。

封鎖のために立っていた警察官らの目に緊張が走る。

多くの客の発する声によって、周囲はザワザワとした雑音に包まれた。

緊張が最高潮に達した瞬間だった。

パパパパパパパパン！

乾いた音が稲沢の右側面、約二十メートル向こう辺りから聞こえてきた。

稲沢は音が発生した辺りを注視する。

「銃声!?」

「キャアアアアアアアアアアアアアアア！」

群衆の一部から悲鳴があがる。

だが、ほとんどの人は離れた場所からでは何が起きたのかが見えず、「うん？」と首を捻るだけだった。

むしろ、「何か面白い絵が撮れるのかも」と携帯カメラを持ち上げながら近づいていく始末だった。

「あいつよっ！」

稲沢は音が発生した辺りから、ものすごい勢いで走り去っていく、白いパーカーのフードを被った男を発見する。

男の右手には二十センチ程度の銃のようなものが握られていた。

「あれが徳島か！　追うぞ、稲沢」

「分かりました！」

二人は徳島を追いかける。

周囲にいた制服警官も気がつき、横浜駅周辺のありとあらゆる場所から、徳島をめがけて一目散に集まってくる。

ウゥーーーーーーーーーー!!

すぐ近くで待機していたパトカーが徳島の逃走先を塞ぐように現れ、駅前に続々と集結してくる。

徳島を中心に十数名の制服警官や私服警官が放射状に集結し、一分もしないうちに片側二車線道路の中央で逃げ場を失った。

「うわぁぁぁぁぁぁ！　近寄るなぁ――!!」

徳島はグルグルと体を回しながらサブマシンガンの銃口を持ち上げ、近づいてくる刑事らに振り回すように向ける。

背中側になった刑事らは徳島に詰め寄り、正面側になった者は距離をとるといった一進一退の攻防が続く。

フードを被っていたことによって顔はハッキリ分からなかったが、逃げ回る雰囲気や声は五十歳とは思えない。

「まぁ、今日は9ミリくらいなら大丈夫か」

そう呟いて腹をバシンと叩いた只見は、アメリカンフットボール選手のごとく、徳島へ向かってダッシュする。

突然のそんな行動に稲沢は驚き叫ぶ。

「只見さ――ん!!」

徳島は銃口を向けるが、只見は恐れることもなく突撃をやめない。

「来るなって言っているだろうが――!!」

叫びながら徳島はトリガーを引いた。

パパパパパパパパン！

再び乾いた音が横浜駅周辺に響くと、銃口側の制服警官らは地面に伏せた。

だが、銃撃を受けても只見の勢いは、まったく衰えず徳島の腰に強烈なタックルを見舞った。

徳島は「うっ」と苦しそうな声をあげ、次の瞬間、顔が真っ青になって後ろへ倒れ込む。

「確保――!!」

私服警官の一人が叫んだのを合図に、十数名が徳島に一斉に飛びかかった。

すぐに徳島の手足が押さえられ、瞬時に制服警官が右手からサブマシンガンを取り上げる。

激しいサイレンが鳴り響く中、さっき、「確保」と叫んだ私服警官がやってきて徳島に聞く。

「お前が徳島幸雄だなっ!」

だが、返答は意外なものだった。

「俺は徳島じゃねぇ!」

「嘘《うそ》をつけ! 貴様には殺人未遂及び、銃刀法違反の疑いで逮捕状が出ているんだ!」

私服警官がそう言っても、体をジタバタさせながら否定する。

「俺は紀勢《きせい》だっ!」

「紀勢だと!?」

「あぁ、紀勢省吾《しょうご》だ! 警察で調べりゃ、そんなことすぐ分かるだろ」

上に乗りかかる警官らを睨みつける目は、とても嘘を言っているようには見えなかった。

私服警官は仲間らと顔を見合わせるが、全員首を捻るしかない。

紀勢は口角を上げながら薄ら笑いを浮かべる。

そこで、取り上げた者が銃を確認していると、只見がムクリと起き上がり、口にした。

「それはモデルガンですよ。さっき、こいつが振り回している時に気がつきましたから……」

「そうだったのですか？」

あの状況のなかで落ち着いて銃の真贋《しんがん》を確認していた只見に、稲沢は少しびっくりした。

「俺はモデルガンで空砲を鳴らしただけだぜ」

紀勢は真剣な顔で周囲の警察官を睨みつけた。

銃を改めて確認した制服警官が、塞がっている銃口を見ながら呟く。

「確かに……本物じゃありませんね」

「どういうことだ？」

私服警官は少し考えていたが、やがて、首を上下に動かした。

すると、それを合図にして、紀勢は両手を二人の制服警官に摑《つか》まれたまま無理矢理立たされ、両手を前に揃えさせられる。

「では、公務執行妨害の現行犯で逮捕する」

私服警官が腰から黒い手錠を取り出して、紀勢の両手にはめた。

紀勢は周囲の刑事らにもみくちゃにされながら、パトカーの後部座席に叩き込まれた。

すぐにパトカーが発車し、みなとみらい方面へ向かって走り出す。

稲沢はそんな紀勢を只見と見送る。

「モデルガンって分かっていたんですね」

「確信はなかったんだけどな。音がやけに軽かったから、ニセモノだと思ったんだ」

只見は革ジャンについた汚れをパンパンと払う。

「さすが、ミリタリーマニアですね」

稲沢が淡々と言うと、只見はニヤリと笑いながら腹をパシンと叩く。

「まぁ、9ミリパラぐらいなら、当たったってどうということはないさ」

「それは、只見さんだけじゃないですか？」

稲沢はほんの少しだけ微笑んでから、吾妻へ報告すべく携帯を取り出した。

2

「横浜の状況はだいたい分かったよ」

稲沢からの報告を吾妻は、警視庁第三会議室に開設されつつあった捜査本部で聞いた。

《横浜駅で犯行を行ったのは、徳島ではなさそうです。横浜の男は年齢的に二十代半ばのような感じがしましたので……》

「本人の言う通り、そいつは紀勢なんだろう。だが、そうなると、サブマシンガンを持ちながら警視庁へ脅迫電話をかけてきている徳島は、依然逃走中であり、徳島は紀勢のような奴らとグループを組み、犯行に及んでいる複数犯ということになる……それは困ったことだね〜」

吾妻は呆れたような声で言った。

《私たちは神奈川県警へ行って、紀勢の取り調べに立ち会いましょうか？》

「紀勢の取り調べねぇ……」

吾妻は横浜駅で確保されたと聞く紀勢の動きや言動が不自然に思えた。

紀勢は徳島の現在の状況も聞かされていないのではないだろうかと感じたのだ。

そして、徳島が依然逃走中であれば、紀勢を取り調べている時間はあまりないのではないかと吾妻は考えた。

吾妻はサラリと稲沢に言う。

「いいよ。そこは神奈川県警に任せておこう。紀勢についても身辺を調べているだろうから、何か情報が得られれば、こちらの捜査本部に上がってくることになっているから。稲沢君たちは警視庁へ戻ってきてくれ」

《了解いたしました。では》

吾妻は第三会議室中央の通路を歩き出す。

当初は捜査本部に「特別」の二文字は、つく予定ではなかったため、三十名程度で捜査を行うつもりだった。

だが、徳島からの脅迫電話が警視庁へ入ったことを重く見た上層部は特別捜査本部に格上げを行い、各部に向けて人員を追加するように要請が始まっていた。

広めの第三会議室の前方には、情報を集約して表示する大型スクリーンが展開され、周囲には制服姿のオペレーターが忙しく働いていた。

吾妻はスクリーンの前に並べられた三台の長机の真ん中に座り、大村は通路を隔て対面するように並べられた、十台の長机のほうに吾妻を真正面に見て座る。

現在集まっている捜査員のほとんどは、組織犯罪対策第五課の捜査員だった。

その中の紺のスーツを着た一人の男が、ツカツカと歩いてきて吾妻の横へやってくる。

厳しい顔で前に立つ男に向かって吾妻は軽く頭を下げると、相手も礼儀正しく会釈した。

「吾妻警視。組対五課・銃器捜査第三係長の山形尚秋《やまがたなおあき》です。今回は共同の捜査となりますのでよろしく頼みます」

歳の頃五十くらいの山形は、日に焼けた彫りの深い鬼瓦のような顔立ちで、その厳つい顔に似合うように髪は短く切り揃えられていた。

その風貌と話しぶりから信頼できる人物であることが感じられた。

茶色のズボンの上に白いシャツを着込んでいるが、その張り詰めた感じから、この歳でも体を鍛えていることがよく分かる。

イメージで言うと、只見が歳をとれば、こういった雰囲気になるのかもしれないと吾妻は思った。

「こちらこそ。銃器犯罪に関しては山形さんのほうがお詳しいと思いますから、僕に間違っているところがあれば柔軟にご指摘願います」

山形の階級は一つ下の警部だから、命令口調で言ってもかまわないのだが、基本的に年上の刑事たちを尊敬している吾妻は、いつもこんなしゃべり方になってしまうのだ。

「単に長く勤めてきただけの頑固者ですが、私で分かることであれば助言させていただきます」

ガッチリと揃った白い歯を輝かせて微笑んだ山形は、黒い生地のオフィスチェアをギシッと軋《きし》ませて座った。

「組対五課、全員注目！」

腹の底から出される大きな声は部屋の隅々まで響き、部下の捜査員らはザンッと靴音をたてながら一斉に吾妻を注視する。

そして、山形の「礼！」という号令を受けて、さっと上半身を同じタイミングで倒す。

部下らが顔を上げた瞬間、山形は両腕を白い机にドンと置き、捜査員全員に向かって声をあげる。

「事件概要説明の準備は終わっているか！」

コピーの山を抱えている後方の捜査員が立ち上がり、「はい！　できております」

と返事して全員に資料を配り始める。

周囲では機材のセッティングが終わり、オペレーターがチェックをしていた。

徳島からの着信があれば、ここへ転送されることになっており、無論、すぐに逆探知を仕掛けるようになっている。

また、携帯電話の場合は各携帯電話会社から利用基地局のデータを転送してもらうことになっていた。

電話にはＩＣレコーダー、パソコンなど各種装置が既にセットされている。

スクリーンには関東全域の地図が映されており、善行駅近くの徳島のアパートと、横浜駅には赤いポインターが打たれていた。

「こりゃ〜長期戦になりそうですなっ」

フンッと鼻から息を抜いた山形は、ギリッと厳しい目つきで前を見たまま言う。

「そうでしょうか？」

吾妻にはそうとは思えなかったのだ。

「徳島は殺人や誘拐犯ではありません。であれば、問題となる機関銃さえバッグに隠せば、一般人となんら変わるところがないでしょう。そんな犯人が一度一般市民の中に逃げ込んでしまったら、見つけることは容易ではありませんからな」

太いまゆ毛を上下させながら話す山形は、徳島が逃走すると考えているようだった。

「確かにねぇ〜。このまま徳島に逃げ回られてしまったら……かなり時間はかかるんでしょうけど……」

吾妻はスクリーンに表示されている関東全域の地図を見つめていた。

「それに徳島からの動きが少ない場合、各部署に対して応援を頼むのも難しくなりますからな」

今回は銃器を持ったまま逃走している徳島を発見するのが目的となる。

各所轄へは検問、パトロールを強化してもらうように依頼を始めていた。

だが、徳島からの要求がハッキリしなければ、捜査本部の人員を増員することは難しいと山形は言っているのだ。

「そう言えば、徳島に関する情報は、まだ神奈川県警から上がっていないのですか？」

山形は周囲を見回しながら言う。

「時間がかかっているようだね」

「横浜駅での大規模封鎖に人員を大量投入してしまったからでしょうか？」

「それもあるだろうね」

「吾妻警視、準備整いました」

横に座る頭にヘッドセットを付けたオペレーターが吾妻に言う。

「たぶん、そろそろ徳島は電話をかけてくると思うから、かかってきたら即繋いでくれ。前にかけてきた時には『責任者を出せ』って言っていたそうだから、電話には僕が出るよ」

「警視自ら出られるのですか?」

驚くオペレーターに吾妻は微笑んでみせる。

「特殊犯捜査は時間との勝負になることが多いんだ。常に犯人側と直接交渉を行い駆け引きが必要になるからね。あとで責任をとれる人間がやったほうが、何かと都合がいいんだよ」

「それは確かに……」

吾妻は前を向いて着席している捜査員を見つめながら、机に両腕を静かに置く。

「じゃあ、始めようか」

吾妻の声を受け組対五課の若い捜査員より現在までの状況が、スクリーンに映しながら簡単に説明され、事件に伴う資料が全員に配られた。

吾妻は只見らから状況は聞いていたが、この短時間では新たな情報は追加されていなかった。

「事件概要は以上です。現在までの状況を鑑みると、この事件は自称『第4旅団』と名乗るグループによる犯行と思われます。ですが、公安部では監視対象に第4旅団も徳島幸雄もなく、現在情報を収集中です。また、メンバーの一人紀勢省吾は横浜駅にて確保し現在、神奈川県警で取り調べを続けております。尚《なお》、警察官に向け短機関銃による銃撃を行った徳島幸雄は現在も逃走中です」

報告を終えた捜査員は、すっと椅子に座る。

「徳島はどこへ逃げたのか……。やはり、人の少ない山中でしょうか？　であれば、小田原、奥多摩《おくたま》、秦野《はだの》方面に捜査の手を広げるべきですが……」

山形は吾妻の顔色をうかがう。

「いや、陽動だったとしても、第4旅団と名乗る連中の一人である紀勢が、横浜駅に仕掛けてきたってことは、徳島も首都圏へ向かってきていると考えるべきだろうね」

吾妻がそう発言したのは、自分が犯人グループのメンバーだったらそのように行動するだろうと考えたからだ。

「やはり、人を隠すには人の中ってことですか……」

吾妻は小さくうなずく。

「徳島は自分が逃げ回るにしても、人質をとって立て籠もるにしても、近くに一般人が多いほうが有利になるはずだからね。我々としても銃乱射の危険性のある状態では、首都圏、特に駅構内ではうかつに手が出せない」

「徳島はそれを分かっていて、こちらへ向かってくるということですか……やっかいですな」

「とりあえず、善行、藤沢の駅の防犯カメラ映像を取り寄せてもらえますか？　そこには徳島が写っているはずですから」

山形はすぐに部下に指示する。

「おい！　既に映像は神奈川県警が取り寄せているはずだ。二人ほど行って、大至急逃走時刻付近の防犯カメラ映像を取ってこい！」

すぐに一番奥に座っていた若い二人の捜査員が、『はい！』と返事し、素早く立ち上がり部屋から争うように駆け出していく。

そんな部下の対応を見れば、山形は組対五課・銃器捜査第三係をよく鍛えあげ、山形を部下らが尊敬していることが伝わってくる。

その瞬間、オペレーターが叫んだ。

【犯人より入電！　徳島と思われます】

吾妻は徳島からの連絡を、思ったよりも早いなと感じた。

「じゃあ、頼む」

【繋ぎます！】

オペレーターがスイッチを入れると、スピーカーから徳島と思われる声が聞こえ出す。

《きっ、貴様が責任者か？》

機械で加工され、ロボットのような声である。

噛みがちな話しぶりを聞く限り、徳島はかなり動揺しており、レールジャック事件の犯人のようなプロフェッショナルなものは感じられなかった。

「僕は今回の事件の責任者を務めている吾妻だ」

《責任者が相手だと、話が早くて結構》

「君は徳島か？」

少し間が空いたあと、

《……そうだ》

と、呟くような小さな声で答えたあと、改めて大きな声で言い直す。

《私が第4旅団、旅団長の徳島だ！》

声と声の間からレールの繋ぎ目を車輪が通るガタンゴトンという音がかすかに聞こえてくる。徳島は列車の中から電話をかけてきているように思われた。

音は四つずつ鳴っているので連接台車ではない。これでは吾妻であっても簡単に路線を特定することは難しい。

《まず聞きたいことがある》

ドスの利いた声で徳島が言う。

「なんだい？」

《最初に言っておくが、あの横浜駅の対応はどういうことだ？　警察は我が旅団と交渉する気がないのか？　それとも、完全にナメているのか？》

吾妻は徳島に対してもっとイカレた雰囲気を想像していたが、割合堅苦しいしゃべり方だった。

吾妻はすっと目を細める。

「そんなことはない。君たちの指示通り、駅構内から全ての警察官を排除したじゃないか」

吾妻が言ったことは間違いなかった。

《なぜ、全ての列車を運休にしたのか！》

徳島は怒ったような口調で追及した。

「横浜駅を封鎖してはいけないとの指示はなかったし、運休を決定したのは鉄道会社だ。我々じゃないよ」

最終的に運休を決定したのは鉄道会社だが、事前に「テロの予告があった駅は封鎖する」との取り決めがある以上、警察から連絡した時点で、そうなることは神奈川県警も分かっていた。

《……そうか》

徳島の返事に、吾妻は少し拍子抜けする。

それは、警察の対応について、もっと厳しく追及してくるものと思っていたからだ。

そんな反応は「本当の目的は別にあるのか？」というような不気味なものを感じさせる。

《では、まず、最初の要求だ》

それについては吾妻にもすぐに分かった。

「紀勢のことかい？」

《そうだ。我が同志、紀勢省吾を十分以内に解放せよ》

この事態を予測していたので、稲沢らに神奈川県警へ向かわなくていいと指示したのだ。

吾妻は「うむっ」と唸ってみせた。

「紀勢は神奈川県警で取り調べ中だからね」

《我が旅団はメンバーを一人たりとも見捨てることはない。解放しないのであれば駅のホームで大量の死体を見ることになるだけだ》

たぶん、紀勢の罪は今のところ公務執行妨害程度のはずだ。であれば、事態を鑑みて釈放することも難しくないだろうと吾妻は考える。

「分かった。すぐに交渉する。ただ、十分は難しい。だから、三十分くれないか？」

こういった犯人グループとの交渉は、時間を引き延ばすのが基本だ。

しばらく黙ったあと、徳島は静かに答えた。

《……了解した》

怒ることもなく素直に応じる徳島に、吾妻はさらに違和感を覚えた。

そこで、少し揺さぶりをかける。

「何が目的かは分からないが、今からでも遅くないから素直に自首してはどうだい？

今なら犠牲者も出ていないから、罪はかなり軽くなると思うよ」

フランクな感じで話してみた。

人が敵意を持ったり、好意を持つ言い方は、そんなにコツのいることじゃないと吾妻は考えていた。

《犠牲者は出なかったのか？》

徳島は只見らがどうなったのかは、まったく知らなかったようだ。

「あぁ、君が銃撃したことでドアが破壊され、うちの捜査員が地面を転がることにはなったが、幸い二人ともカスリ傷程度だ。このくらいだったら、自首して裁判を受けたほうがいいんじゃないか？」

《うちへ来た警察官らには『申し訳ない』とよろしく伝えてくれ。我が旅団は彼らに危害を加えるつもりで本作戦を計画したわけではないのだから》

「だったら、ここでやめておいたらどうだい？　何か言いたいことがあるなら、今はネットで訴えればすむことだろう」

徳島は少し黙っていたが、やがて、何かを決意したようにフッと息を抜くような音がする。

《残念ながらできない。それでは、ここまで行動を起こした戦略的意味がなくなってしまう。不本意ながら戦端が開かれてしまった以上、ここはできる限り戦果を拡大するため、作戦は迅速に進めなくてはならないのだ》
旧日本軍のような古風な軍隊言葉を使って、徳島は真剣に言った。
「それは残念だねぇ……、それで君たちの言う、戦果とはなんだ？」
ふっと一拍置いた徳島は、まったくよどむことなく言い放つ。
《冤罪事件の撲滅だ》
チラリと横目で山形を見ると、身振り手振りでオペレーターらに指示を出し、必死に徳島の携帯の発信位置の特定に努めているようだった。
「冤罪事件の撲滅？」
《諸君ら警察は検察と手を組み、無実の者を次々と罪に陥れている。我々は現在無実の罪で囚われている者たちを解放し、こういった行為が今後起きないよう社会に警鐘を鳴らすべく立ったのだ》
徳島は自己中心的な主張を展開する。
「冤罪を晴らすことを目的として、無差別殺人をするのは筋違いじゃないか」
《では、東京駅前でデモでもしろと？》
徳島の言い方には笑いが含まれていた。

「……それは」

《平和的な主張では変革は起きない。武力闘争によってのみ、我々の主張は伝わるものと信じている》

時代錯誤の主張を行う徳島に、吾妻は思わず言葉を失った。

電話の向こうからゴクリと唾を飲み込む音がする。

《では、我々からの二つ目の要求を行う！　尚、こちらからの要求に対して諸君らとの交渉の余地はない。要求が実行されなかった時点で、我が旅団員は全員で利用者の多い近隣駅構内に飛び込み、機関銃乱射を行い、多くの一般客を巻き込んだ上、最後の一発をもって潔《いさぎよ》く自殺を行うので、そのつもりで要求に対応してもらいたい！》

吾妻は徳島の言った「自殺」という言葉遣いが少し引っかかった。

「まぁ、そう早まらなくていいんじゃないかい？　僕もできるだけ徳島の要求に応えられるように努力をするから」

そんな吾妻に対して、徳島が静かに言い返す。

《一つ忠告しておくが、我々は本気だ》

その言葉から強い気概を感じる。

「本気？」

《我が旅団は目的のためには、大量殺人をも辞さない。他の腰抜け犯罪者らと同じように考えないでいてもらおうか……吾妻》

今までの行動は突発的で粗野な感じがしていたが、実際に話を続けていく中で、徳島が冷静な殺人鬼なのではないかと、吾妻は感じ始めていた。

まったくブレない口ぶりから、少なくとも「人を殺す」という行為について、徳島はかなり前から決意していたように思えた。

少し気圧された吾妻は、静かな声で真剣に答えた。

「分かった。徳島」

その返事に満足したらしい徳島は、「うむ」と呟いてから話を続ける。

《二つ目の要求だ。これで諸君ら警察が、我々が信頼すべき相手であるかどうか、決意を試させてもらおう》

「試すとはどういうことだい？」

《志《こころざし》半《なか》ばで散華《さんげ》した、我が第４旅団同志一名の汚名を返上させてもらいたい》

少し考えてから吾妻は答える。

「それは日高のことを言っているのかい？」

《吾妻は察しがよくて助かる。現在、同志日高は痴漢を行い、現場から逃走し電車に

轢かれた卑怯者《ひきょうもの》と報道されているが『同志日高は痴漢をしていなかった』と正確な報道をしてもらおう》

「君は日高についての報道を脅迫によってネジ曲げようというのかい？」

そこで、徳島の声は少し強くなる。

《そうではない。同志日高は本当に痴漢をしていなかったのだ！》

吾妻には、なぜそこまで徳島が、この一件について固執するのか分からなかった。

「どうして、徳島はそこまでハッキリと、日高が無罪だと言い切れるんだい？」

すると、徳島は驚いたことを言う。

《自分も現場にいたからだ》

「あそこにいた？」

予想外の返答に吾妻は戸惑いながら返事した。

そして、声を聞きながらそれが真実なのか？　ブラフなのか？　判断しようとする。

《あぁ、自分は少し離れた場所で見ていた。同志日高は女の近くに立っていたが、その体に触れるようなことはなかった。つまりこの案件は冤罪事件そのものなのだ》

吾妻の直感としては、徳島が嘘をついているような気がしない。

それは、落ち着いたトーンでしゃべる雰囲気から感じられた。

「僕は被害を訴えた女性が、痴漢冤罪詐欺をやっている人間と思ったんだがね」

《そっ……その可能性もあるだろう》

吾妻の推理を聞いた徳島は、少し動揺したようなリアクションを見せた。

吾妻は日高の件を利用して説得を試みる。

「つまり徳島は日高の無実の証人となってくれるんだね？」

《あぁ、同志日高の汚名を返上し、過去の事件も『冤罪であった』と世間の人に分かってもらうためとあらばな》

「だったら、そんな銃乱射なんかやめて——」

吾妻の言葉を徳島はピシャリと切る。

《残念だが、それはできない、吾妻。我が第4旅団は全ての冤罪事件被害者を刑務所から解放し、二度と冤罪が起きない世にするために立ったのだ。全メンバーが既に家族友人、全てを捨ててここにいる。我が旅団の要求が受け入れられない場合は、華々しい自殺をもって我々の主張を届けるまでだ。その惨劇が想像できるのなら、まずは、同志日高の事件は『冤罪だった』と報道させることだ、吾妻》

吾妻は「面倒なことを要求してきたな」と感じた。

徳島が金を要求してきてくれるなら話はそれほど難しくはない。金なら捜査用に全て番号を控えた数億の用意があり、手渡すタイミングで逮捕できるかもしれない。

何よりも物的被害は出ても、人的な被害が出る可能性が少ないのだ。

だが、こういった要求は次々とエスカレートしていく可能性があり、そのうち「○○事件で死刑判決を受けた受刑者を釈放しろ」とか、超法規的な要求をしてくるのではないかと思われたからだ。

スクリーンの右上に白い文字で「15:24」と時刻が表示されていた。

「分かった。でも警察が『こう報道しろ』と言ってもマスコミはそのまま報道してくれるとは限らないよ」

吾妻に向かって徳島は冷たく言い返す。

《さっきも言ったが我々は本気だ。つまり、命をかけている。だから、吾妻も我々の要求に対しては、全ての警察権力を動員し、命がけで応えてもらいたい》

こう言われてしまっては、どうしようもない。

「分かったよ、なんとかしてみよう」

《吾妻も我が旅団の一斉蜂起《いっせいほうき》によって、首都圏各駅構内に、客の死体が累々と重なる

のを見たくはないであろう》

徳島はそれが当たり前に起きる事態であるかのように淡々と言った。

《我が第4旅団の要求を拒否、または実行不可能となった場合、それは即、駅構内での銃乱射に繋がるものと覚悟してもらいたい》

吾妻は徳島の意思の強さを痛感した。

「だが、今からじゃ夕刊はもう間に合わないから、早くても明日の朝刊になってしまうだろう」

時刻を気にしていなかったのか、徳島が言葉に詰まったような感じがする。

《でっ、では、夕方のどこかのニュース番組で流すように手配せよ。先の横浜駅の件はニュースとなるだろうから、それに合わせて放送するのだ》

吾妻は少し困ったような声を出す。

「でもなぁ……。テレビだってもう流すニュースは決まっている時刻だ。たぶん、横浜駅でのことが大きく取り上げられてしまうだろう。今から無理矢理入れるなんてことは――」

吾妻の言葉を真剣な声で、徳島が遮る。

《では、横浜のニュースの扱いがなくなるような、機関銃乱射事件を起こすしかある

まい。その惨劇は我が第４旅団の責任ではなく、諸君ら警察の怠慢によるものだと心に刻んでもらいたい》
吾妻はそこに交渉の余地はないと諦める。
「では、夕方のニュースでの扱いを検討してもらう。それでいいか？」
《報道内容をもって、警察が我が旅団の交渉相手として正しいか誠意を判断させてもらう》
「どういうことだ？」
徳島がフッと笑ったように聞こえた。
《警察と話してもダメなら、銃乱射による被害者の犠牲をもって、我が旅団は第二段階として、上部組織である政府機関に要求するまでだ。そうなれば、警察も命令を聞かざるを得なくなるだろう》
確かに、駅の利用者を人質にとるようなやり方を政治家が聞いたら、自分の辞任要求以外は全て飲むと言い出しかねない。
「徳島、そこは僕を信じてくれ」
《では、夕方のニュースを待っている。自分は要求が通らなかった場合に備えて川崎《かわさき》へ向かう。言っておくが、我が旅団同志は紀勢以外にもおり、今度、一人でも逮捕さ

れた場合には、他の同志が駅において機関銃乱射を開始するものと警告しておく》

そこで電話はパシッと切れた。

プー、プー、プーという回線音が第三会議室内に響き、

【犯人からの通話、切れました！】

と、オペレーターが叫ぶ。

「これだけ時間があれば逆探知は可能だったんじゃないかな？」

吾妻は自信を持った顔を見せた。

電話関係の担当者がスクリーンに徳島の電話がどこからかけられてきたか表示させる。

【徳島からの連絡は携帯です。通話開始は横浜駅付近、通話終了時は鶴見《つるみ》の少し手前と思われます】

「これだけのスピードで発信位置が移動しているということは、徳島の奴は列車の中から携帯でかけてきたってことだな」

目を細め山形はスクリーンを睨みつける。

その点については背景から聞こえていた走行音からも状況は一致する。

「徳島は京浜東北線に乗っていたようだね」

発信基地局を示す赤い点が、桜木町《さくらぎちょう》から横浜を経由して鶴見へ向かっていることでそれが分かった。

「携帯の電波は今も出ているかい？」

ディスプレイを確認した電話関係の担当者は、残念そうに首を左右に振る。

「ダメですね。犯人は電源を切ったようです」

「ということは、こちらから電話をかけることもできないのか……」

そこで立ち上がった山形が怒号をあげる。

「現在犯人は京浜東北線にいる！　太多《たいた》、八高《はちこう》の両名は神奈川県警と協力して、乗車中と思われる犯人を捜せ！」

慌てて二人の捜査員が「はい！」と立ち上がりバッグを持って、会議室から走って出ていく。

一瞬吾妻は躊躇するが、必死の顔で部下に指示している山形を見ていると、それ以上は言いにくかった。

無論、捜査本部の指揮官である吾妻は全員に対して指示ができるのだが、こういった場合、応援を出してくれた部署の上官が部下に次々と直接指示することも多い。

吾妻としては、それが完全な間違いではない場合を除いて、あまり、そこには口を挟まないようにしていた。

「警視！」

ディスプレイを見つめていた電話関係の担当者が大きな声をあげた。

「なんだい？」

「先ほど使用された携帯の名義は『徳島幸雄』ではなく、『徳島三月《みつき》』となっています」

「徳島三月？」

すぐに山形が大声で聞き返す。

「それは誰か？」

「すぐに確認します！」

電話関係の担当者がキーボードを叩きながら、所有者について調べ始めたが、何か不明な点があるのか、電話で携帯電話会社に確認をしてから答える。

「携帯電話会社のデータだけでは、詳しく知ることはできませんが、登録時のデータから逆算すると、徳島三月は現在二十三歳、性別女。徳島幸雄の娘と思われます！」

「徳島の娘～？」

山形は口をへの字にして聞き返す。

「徳島幸雄には娘がいて、その娘の携帯を使ってかけてきているということかな？」

「そんなもんは調べたら、すぐに分かることなのに、徳島はどうしてそんなわけの分からないことを？」

吾妻はフムッと腕を組む。

「それは僕にも分からないね」

「まぁ、携帯の名義なぞ誰でもかまわん！　犯人は徳島幸雄と分かっているわけだからなっ」

携帯電話のことに興味を失った山形は、振り返って吾妻を見る。

「そんなことよりも警視、川崎についてはどうしますか？　電話の最後で奴は『要求が叶《かな》えられない場合、川崎でテロを行う』と予告していました」

「そうだね……」

スクリーンを見ながら考えごとをしていた吾妻に山形がにじり寄る。

「ここは神奈川県警に応援を要請して、川崎駅に大量の捜査員を動員してもらい、徳島グループが現れるのを待つべきではないかと……」

吾妻は机に肘をついて深慮する。

「川崎駅に徳島たちは本当に現れるだろうか？」

山形はグイッと体を寄せる。

「たとえ、あれが嘘だったとしても、川崎でのテロ対策は行っておかないと……。もし、本当に徳島らが銃乱射した場合、責任は免れなくなりますぞ」

吾妻としては徳島が自分からわざわざ銃乱射予定駅を言って電話を切ったことに、違和感を覚えていた。

銃の乱射は予告なしにしたほうが奇襲効果は高くなり、不謹慎だが多くの犠牲者が出るだろう。

それをわざわざ予告してなんの意味があるのか？

もしかすると、機関銃の持つ強力な打撃力をもって、拳銃程度の装備しか持たない警察に対して挑戦しようとしているのかもしれないが……。

山形は強い口調で吾妻に主張する。

「相手は短機関銃を所持する奴らです。場合によっては抑えられないことも考慮して、神奈川県警のＳＩＳの出動要請も行い、川崎駅近くで待機してもらっておいたほうがよいのではありませんか⁉」

その提案に吾妻はあまり気が進まなかった。

「神奈川県警のＳＩＳか……」

刑事部捜査第一課の捜査員によって編成される特殊犯捜査係、通称「ＳＩＴ」は警視庁以外の一部各県警察においても創設されている。

関東近県では埼玉に「ＳＴＳ」、千葉には「ＡＲＴ」があり、神奈川県では同様に人質立て籠もり、誘拐、企業恐喝事件などに対応する特殊犯捜査として「ＳＩＳ」があり、ここは短機関銃程度の装備を持っていた。

「そして、今度は川崎駅を封鎖すると……」

吾妻が呟くと、山形はグッと顔を近づける。

「こうなったら、そうするしかありません」

ふっと、顎に手をあてた吾妻は厳しい顔つきで答える。

「それは難しいんじゃないかな？」

「どうしてですか？」

吾妻は指を一つずつ出しながら説明し始める。

「理由は二つ。一つは横浜駅を封鎖して、やっと紀勢を確保したにもかかわらず、すぐに釈放するような事態となってしまったこと。今度も徳島以外の仲間に陽動を行われる可能性がある。二つ目は、もう一度駅を封鎖した場合、徳島が逆上して犯行に及ばないか……という点だ。さっきの電話でも、その点については怒っていたようだからね」

「確かに……徳島グループの奴らが、必ず川崎に現れるとは限りませんが……」

「川崎駅の封鎖は行わない方針でいく。現在までの進行状況を神奈川県警に説明して川崎駅付近のパトロールを強化してもらおう。第4旅団と名乗る連中を刺激しない程度でね。紀勢の釈放については、後藤寺警視正から上層部へ話してもらうから」

「分かりました。では、私のほうから神奈川県警へそのように連絡を入れます」

そこで吾妻は指示を付け加える。

「紀勢には尾行をつけてもらえますか」

「了解です」

椅子を引いてガチャリと立ち上がり、山形は席を離れた。

山形が電話を使って神奈川県警に連絡したあと、周囲の捜査員を集めて、あれこれと指示を開始したことで会議室内はザワつき出した。

吾妻が椅子の背もたれにギシッと背中を預けて天井を見上げると、視界に大村が入ってくる。

「例の日高の件はどうするおつもりですか？」

「それには考えがあるから大丈夫なんだ」

「こういったことは、テレビ局も嫌がって中々対応してくれないと思いますが？」

「別に徳島はＮＨＫの全国放送でやれと指示してきたわけじゃないからね」

吾妻は微笑む。

「では、どこかの地方局で？」

「ＮＺテレビに入った大学の同窓生で、ニュース番組のプロデューサーを務めているのがいるから、そいつに事情を話して頼んでみるよ」

大村は思い出すようにしゃべる。

「ＮＺ……ってベイサイドに本社のあるアニメと通販番組ばかり流している局のことですか？」

「ああいったスポンサーのおかげで収支はいいそうだよ。ＮＺテレビの番組は、ほとんどがそういった内容だが、夕方と夜にはニュース番組がある」

右手を前後に振りながらしゃべる吾妻の顔には、少し含みがあった。

「しかし、警視。あれはニュース番組というより、ニュースを題材にしたバラエティ番組ではありませんか？」

大村の顔は少し呆れている。

「まぁね。それでもこちらは約束を守ることになるわけだからさ。それに、少なくともニュースの時間までは犯行が行われないはずだ」

「……それは確かに」

「それよりも、ちょっと分からないことが多くて、今回の事件は気持ち悪いね」

「分からないことですか？」

「そうさ」

その時、会議室に一人の捜査員が入ってきて、大きな声で言う。

「徳島幸雄に関する身辺調査結果が神奈川県警より入りました！」

振り返った山形がすぐに怒鳴り返す。

「遅い！　事件発生から何時間経っているのか！」

「申し訳ありません！」

調査報告が遅くなったのは、この捜査員が悪いわけではないと思うが、山形の勢いに押されて思わず体を縮ませながら謝った。

「では、全員に聞こえるように報告しろ」

捜査員は「はい」と返事して、近くにあったワイヤレスマイクに向かってしゃべり出す。

「アパートの借り主である徳島幸雄は……」

神奈川県警からの報告書を目で追いながら読んでいた捜査員が、そこで言葉を詰まらせると、グッと顔をしかめた山形が怒鳴りつける。

「どうしたんだ――!!」

山形の声を聞いた捜査員は緊張して気をつけの姿勢をとる。

「はっ、はい! 徳島幸雄は死亡しております!」

「あ〜? 犯人が既に死んでいるだと〜」

「はい。そこで死亡原因などを調べるのに、時間がかかったということです」

「分かった。それで、徳島はいつ死んだんだ?」

「徳島幸雄は半年ほど前に、藤沢市内の病院においてガンで死亡しておりました」

日高と何度も接触していたと思われた徳島という男は、既にこの世にいなかった。

吾妻もさすがに戸惑う。

「じゃあ、あの脅迫電話をかけてきているのはいったい誰なんだ?」

チッと舌打ちをした山形は、捜査員に聞き返す。

「では、アパートには娘がいたんだな!」

山形としても、あの電話を女性がかけてきたものとは信じがたかったが、幸雄が死んでしまっている以上、それしか考えられなかったのだろう。

「それが……」

しっかりと報告書を読んだ捜査員は、少しすまなそうな顔をしながら答えた。

「徳島幸雄の娘である三月も、五年前に十八歳で死亡しております」

「なんだと⁉」

この驚愕《きょうがく》の事実には山形を始め、会議室にいた全員が驚く。

「尚、徳島幸雄は妻と五年前くらいに離婚しており、それから死亡する半年前まで、あのアパートに一人で住んでいたとのことです」

「……警視」

山形は目を見開いて吾妻を見つめる。

「単純に徳島幸雄の情報を集めて追いかければいいということではなくなったわけだ」

「どうしますか？」

吾妻はポケットから携帯を取り出してかけ始める。

「山形さんはさっきの指示通り作業を進めてください。徳島の周辺については、うちの連中でもう少し詳しく調べてみますので」

「よろしくお願いします、警視」

山形が会釈すると、携帯の相手が出る。
《稲沢です。警視、なんでしょうか?》
「忙しいところすまないが、只見と二人で、徳島本人と家族について至急調べてくれないか?」
《徳島と家族ですね》
「あのアパートに住んでいたと思っていた『徳島幸雄』という人物は半年前に死亡していることが分かった」
《徳島が死んでいた!?》
それには稲沢も驚く。
「神奈川県警でアパート周辺住民に聞き込みしているだろうから、事情を説明して徳島の生活態度なんかを聞いてきてくれ。それから、徳島には離婚した元妻がいるそうだから、そちらについても頼むよ」
《分かりました。では、只見さんと一緒に徳島の家族について調べてみます》
「すまないがよろしく頼むよ」
そこで吾妻は電話を切って耳から離した。
「既に死亡している徳島幸雄や三月について、今、調べる意味はありますか? 警視」

大村は首を右に捻ると、吾妻はすっと両肘を机に載せて手を組む。

「なんだか気持ち悪くてね」

「それはさっきもおっしゃっていましたな」

「現在囚われている冤罪被害者を解放して、今後は冤罪が起きないような社会にしたい……。一瞬聞くと動機としてはありそうな気がするんだが……どうもね」

腕を組み直した大村は、ふむっと唸る。

「私は最近の若い連中の犯罪の動機は理解できませんからな。それくらいのことなら、やっちまいそうな気がしますよ」

「そうかもしれないがね……」

吾妻はスクリーンを見つめながら微笑んだ。

「とりあえず、こちらは徳島の要求に応える準備をしておくとしようか」

「例のNZテレビですか？」

「ここに断られてしまったら別の局を探さなくちゃいけなくなるからね」

再び携帯を取り出した吾妻は大学の同窓で、現在はNZテレビで夕方のニュース番組のプロデューサーをしている垂井《たるい》勢三《せいぞう》に電話する。

垂井とは同じ大学だったが吾妻は法学部で、垂井は経済学部と、付き合いはなかった。

だが、大学三年の文化祭において広告研究部部長を務めていた垂井が、イベントスポンサーを見つけられずに困っていた時、鉄道研究部だった吾妻が「大学生にスノボツアーを宣伝したい会社なら出してくれるかもしれないね」と、いつも利用していた大手旅行代理店を紹介してあげたことがキッカケとなり、付き合うことが多くなったのだ。

あと一時間程度で本番が始まるような時間では忙しいだろうと思ったが、コールは一回でとられた。

《よっ！　珍しいな、吾妻。大学の同窓会以来か？》

大学時代も会うたびに彼女が替わっているような、今で言うチャラい感じの垂井だったが、それは今もあまり変わっていないようだった。

「すまないねぇ〜突然。ちょっと、相談したいことがあるんだがね」

すると、垂井はガハッと笑って答える。

《いいぜっ！　やっちまおう》

大学の頃からそういうところはあったが、相変わらずの雰囲気だった。

「まだ、何も説明してないだろう」

《だけどよっ。吾妻はまだ警視庁捜査一課の警視を辞めてねぇんだろ？　そして、この時間はバリバリ勤務中のはずだよな》

「国家公務員だからね」

垂井がパチンと指を鳴らす音が聞こえる。

《ってことは、何かメディアを使って仕掛ける警察関係のことだろう!?　そんなの面白くないわけがねぇーじゃん！》

思わず吾妻はため息をついてしまう。

「まぁ……そういうことだ」

《それいいなっ！　今、ニュース番組で求められているのはリアルなハプニングだからな。それで？　どういうネタなんだ？　うちは何をやればいい？》

予想に反して垂井はノリノリの前のめり。

そこで吾妻は概要を話すことにする。

「これは未発表だから、情報の扱いには気をつけてくれ。先ほど横浜駅で起きたモデルガン騒動は、『第４旅団』と名乗るテロ集団によって起こされたものなんだ」

《そうなのか!?》

「そして、この第4旅団のメンバーの一人が、昨日、大崎駅で列車事故に遭っている」
《あ〜痴漢したあとに逃げ損なって、列車にはねられたっていうマヌケな話な》
徳島の言う通り、世間での日高に対するイメージは最悪の状況だった。
「事故で死んだ男は日高栄一。これ以上事件について詳しくは教えられないが、現在、第4旅団と名乗るグループから警察は脅迫を受けている」
《はぁ〜ん。警察を脅すとは、また、大胆で困った連中に絡まれたもんだな》
垂井は呆れたように言った。
「その第4旅団からの要求の一つが『大崎の痴漢事件は冤罪だったとニュース番組で報道しろ』ということなんだ」
垂井は少し冷静に答える。
《そりゃ〜本当に困った奴に引っかかったな。今時、うちのニュース番組で紹介しようが……、いや、全チャンネルで放送したって、簡単にはイメージなんて払拭《ふっしょく》できないのにな》
事件が起きた瞬間はワイドショーなどでも扱われるので、犯人についてのイメージはあっという間に没落するが、実はその後犯人はどうなったかなど、気にしている人なんてほとんどいないのだから、垂井の意見には吾妻も同感だった。

《大量や猟奇的な殺人なら多くの者が裁判結果にまで注目することもあるだろうけどな。それ以外の犯人の裁判結果も、釈放されてからどう暮らしているかなんて、誰も気にしちゃいねぇ～よな》

垂井は少し笑いを含みながら言った。

「日高が『痴漢して逃げてはねられた』というセンセーショナルな部分は広がるけど、今更『実は冤罪でした』ってニュースは面白みにかけるから、簡単には広まらないと思うんだけどねぇ……」

《今そんなニュースを流せば『本当は痴漢していたくせに』ってイメージが上塗りされるだけかもしれないぜ》

吾妻は電話を持ったままうなずく。

「僕もそう思うんだが、これが犯人グループからの要求だから仕方ない」

垂井は即決で答える。

《いいぜ、今日のニュースの冒頭に入れるよ》

「いや、このニュースを扱うのは、なるべく番組の最後にしてもらえないか？」

《番組のエンディング近くでいいのか？》

垂井は不思議そうに聞き返す。

日高に関するニュースが流れなければ、徳島は夕方のニュースを最後まで見るだろう。

そうすれば、次の要求は先延ばしにされ、少なくとも二時間は時間が稼げると吾妻は考えていた。

「今は詳しくは話せないが、そうしてくれたほうが何かと都合がいいんだ」

《分かったよ。事件が解決したらカラクリを教えてくれ。じゃあ、たぶん七時前になると思う。今から突っ込むから、尺はドーンと取れないかもしれないがな》

「ありがとう垂井。助かるよ」

吾妻が言うと、電話の向こうで人の声が飛び交い慌ただしくなってきた。

《すまん。リハが始まるからよ、じゃあ切るぜ》

垂井は急いで電話を切った。

これで徳島の要求に応える準備はできた。つまり、交渉するカードの準備が整ったということだ。

吾妻は携帯を胸ポケットにしまいながら、椅子にグッと体重をかけて目をつむった。

0009B

奔走

時刻はそろそろ十六時半になろうとしていた。

約三十分前には紀勢は釈放された。

神奈川県警からの報告では、何を聞いても「知らねぇ」と突っぱね、紀勢は徳島のことも、第４旅団や事件についても何も話さなかったとのことだった。

ただ、取り調べをした捜査員の所感では「紀勢には主義主張などなく、サバイバルゲームに参加するような感覚だったのかもしれません」とのことだった。

釈放された紀勢には尾行がつけられ、他の仲間と接触するようなことがあれば捜査本部に連絡が入ることになっていた。

神奈川県警は管内での短機関銃乱射という事実があったので川崎駅を封鎖しようとしていたようだが、紀勢の釈放と吾妻の「封鎖しない」との判断を受けて、駅周辺において捜査員は待機するという方針に切り替えた。

そのためＳＩＳを始め神奈川県警の多くの捜査員が川崎駅付近へ投入されると共に、乗降人数の多い横浜、武蔵小杉、戸塚《とつか》、藤沢、大船《おおふな》といった主要駅にも捜査員を送り込み警戒に当たった。

各所轄にも警戒強化命令は出され、多くの制服警官が駅周辺へ動員されたが、警察は今回の首謀者である徳島と名乗る男について、顔一つ判別していないのだ。

吾妻のいる捜査本部には各部署からの応援が到着し、総員で六十名近くになっていた。

山形から神奈川県警の報告を聞いた吾妻は、少し驚きながらぼやく。

「そんなに人員を投入したのか……」

「犯人から機関銃乱射の予告があった以上、事件があった時に責任問題になりますからな。管内での事件だけに手は抜けないのではないでしょうか？」

吾妻は報告書を机に置く。

「こんなに警察官を主要駅周辺に集めたら、他の地域は誰もいなくなってしまうんじゃないか？」

吾妻は深刻な顔で山形に言う。

「まぁ、これは緊急事態ですから、しょうがないことでしょう。おかげで我々のほうは、各部からも応援を出してもらえましたが……」

「それで、思ったより早く集まってきたわけか」

「ええ、神奈川県警の気合の入った配備は警視庁上層部に伝わり、『警視庁管内での対応のため、各部より捜査員を大量動員する』とのことでした」

「なるほどね」

ありがたい話だが、単に神奈川県警に対する対抗心で動いているだけのような気もした。

徳島の言動によって、多くの警察署が巻き込まれ対応に追われた。

徳島が持ち歩いているものがサブマシンガンという銃器として強力なものであったことが、さらに警察上層部を本気にさせていたようだった。

大量殺人を企む犯罪者を検挙するという行為は、実績をあげるに魅力的と映ったのだろう。

その時、吾妻の携帯電話が鳴り液晶画面を確認すると、稲沢からだった。

吾妻は画面の緑のボタンに触れて電話に出る。

《お疲れ様です、警視》

「ご苦労さん、稲沢君」
《そちらは大丈夫でしょうか？》
稲沢に心配されてしまった吾妻は、思わず唸る。
「あまり良くないねぇ。徳島と名乗る人物の顔さえ分からないわけだからね。ただ、要求をのみ続けるしかなくなってしまっているよ。こいつはかなり手強いんじゃないかね……」
《そうなんですね》
稲沢は苦労している吾妻を気づかって、少し残念そうな声でそう言った。
「まぁ、その割には変なところでは、脇が甘かったりすることがあって、それが余計に予測をむずかしくしている。徳島がただ人を多く殺したいだけの大量殺人鬼だったら理解することは、それほど難しくないんだけどねぇ〜。それで、何か出たかい？」
《神奈川県警が周辺住民や市役所、アパートを管理する不動産会社などから聞き込んだ情報によりますと……》
少し間を空けてから稲沢は続ける。
《まず五年前に死亡した徳島三月についてですが、周囲でも評判のいい、やさしくてかわいい子だったそうで、少し聞き込みをすると、亡くなったことを多くの人が覚え

ていました》

「徳島三月が亡くなった原因は病気かい？」

稲沢は《ええ》と答える。

《一応、母親が近所の人に語っていた話では『病気』とのことでしたが、実際は少し違っていたようです》

稲沢は言いにくそうにする。

「どういうことだい？」

すっと息を呑《の》み込んだ稲沢は、想いを吐き出すように言う。

《……本当は自殺のようです》

「自殺か……。まだ、若いのに……」

吾妻は残念そうに答える。

警察官という仕事をやっていれば、若年者の自殺に遭うことは少なくない。将来に絶望して列車に飛び込むことを始め、建物からの飛び降り、自宅でなんらかの方法で死に至る者を見ることになるが、そんな事例に接するたびに、吾妻は少なからず胸を痛めていた。

「高校生ということは、原因は学校のイジメという感じかな？」

《いえ違います。死ぬ一年前くらいに事故で受けたケガが元で、右半身不随となってしまい車イス生活になってしまったそうです。徳島三月はそれを苦にして病院の非常階段から飛び降りたようです》

「死ぬ一年前の事故は、交通事故かい？」

《湘南新宿ライン脱線事故だったようです》

「あの列車に乗っていたのか……」

携帯電話の名義主である幸雄の娘は、五年前に病院の非常階段から飛び降りて十八歳で死んでいた。

その携帯を使って捜査本部に電話をかけてきている奴がいるということだ。

「誰かが自殺した徳島三月の携帯の契約を継続していたってことだね。それは父親である幸雄ということになるんだろうが……。どうして、幸雄は五年間も支払い続けたんだ？」

その電話と番号を使って自分が生活することなんてできないだろうし、携帯料金だって五年間にすればバカにならない額になるはずだ。

吾妻にはまったく理解できなかったが、稲沢はアッサリと返す。

《死んでしまった娘の携帯を、五年間解約しない気持ち……私には少し分かります》

そうポツリと言ってから稲沢は続ける。
《今はみんなメールやSNSをやって実は多くの人と繋がっているので、たとえ亡くなったとしても毎日のようにメッセージが届くそうです。『天国で幸せにね』とか『今までありがとう』とか……。生前の付き合いが多ければ多いほど、たくさん届くと聞いたことがあります》
「今はそうなのか……」
そういった付き合いのない吾妻には、知らないことだった。
《私も亡くなった友人のSNSにメッセージを書き込んだこともありますし、ご両親から丁寧な返信をいただいたことがあります》
「なるほどねぇ～」
吾妻はゆっくりとうなずく。
《きっと娘を失った徳島幸雄も最初は携帯を処分しようとしたと思いますが、中を開いてみると山のようにメッセージが届いていたので、しばらく置いておくことにしたのではないでしょうか》
電話の向こうからはタブレットをめくる音がする。
《本当は契約上問題だと思いますが、親である徳島幸雄が使用料さえ払い続ければ、

携帯電話会社としても基本的に自動更新してくれますから……》
「それで、徳島幸雄についてはどうだい？」
《徳島幸雄は半年前に……。こちらはガンですが、藤沢第三病院で亡くなっていました》
吾妻は疑問に思ったことを聞き返す。
「徳島幸雄が死んで半年も経っているのに、不動産会社はどうしていたんだ？」
電話の向こうからはタブレットを叩くコツコツとした音が聞こえてくる。
《不動産会社は今日まで徳島幸雄が死んでいることを知りませんでした》
「知らなかった？　死んでしまえば家賃が振り込まれなくなってしまうだろう？」
《家賃は引き落としではなく振り込みだったそうです。そして、毎月まったく遅れることなく入っていたので、特に気にならなかったそうです》
「振り込まれていた？」
これは携帯の使用料を払うような話とは違う。
住んでいる人間が死んでいるのに、賃貸アパートの家賃を払い続ける家族など聞いたことがない。
《携帯電話も賃貸アパートもそうですが、遺族などから『死んだので解約します』と

言われない限り、契約は継続します。二年に一度契約更新がありますが、それは約一年前にすませていたそうですから》
稲沢は報告を続ける。
《徳島幸雄は娘の三月が死に、妻と離婚して以降の五年間、あまり近所付き合いはしなかったようでした。ですので、ガンを患っていたことも知られていませんでしたし、死ぬことになる藤沢第三病院へ行く時も誰にも言っていかなかったそうです》
吾妻は携帯を持ち換える。
「徳島幸雄が死んだあとも、何者かがアパートの家賃を振り込み続けていたということか……」
《不思議というか……少し不気味な話なのですが、そうなります》
吾妻は「いったい誰がそんなことを」と首を傾げる。
今回の犯人は徳島幸雄の死んだタイミングをうまく捉えてアパートに住みつき、この事件を狙ったということになる。
たぶん、振り込みを行っていた奴が真犯人だろう。
そして、部屋にあった徳島三月の携帯を使用して、今、我々に脅迫電話をかけてきているということになる。

「振り込みの名義は分かるかい？」

《それはトクシマ　ユキオだそうです》

これは銀行に依頼して、この振り込みが行われた時の防犯カメラの映像を取り寄せる必要があるかもしれないな……。

犯人の絞り込みのために、それは必要なことだと分かっているが、映像を取り寄せて解析、人物を特定するのには、膨大な時間がかかると吾妻は感じていた。

《そして、徳島幸雄の元妻は、現在日本にはいないようです》

「日本にはいない？」

吾妻は聞き返す。

《離婚して住民票と戸籍は、長野県の実家へ戻していました。近所の住民の話では、海外からアパレル商品の買い付けを昔から仕事にしていたそうです。携帯番号だけは分かりましたので連絡してみると、海外へ転送することを知らせるメッセージが流れました。時差の関係なのか、本人は電話に出ませんでしたが……》

では、徳島と名乗る者はいったい誰なんだ？

吾妻は目を細めながらスクリーンを見つめた。

「他には何かあるかい？」

《いえ、今分かっているところは、そのくらいのことしかありません》

「ありがとう稲沢君。では、只見と一緒にこっちへ戻ってきてくれ」

《了解しました》

携帯を切りかけた瞬間、吾妻は声をあげた。

「あっ、すまない。只見に少し代わってくれ」

しばらくすると、只見が電話に出る。

《はい。只見です》

「一つ聞きたいことがあるんだけどね」

《俺に分かることならいいんですが》

只見は少し嬉しそうに言った。

「徳島が電話で自分たちのグループを『我が旅団』と言っていたんだが、それはどういう意味かな？」

只見は「あ〜」と唸ってから答える。

「陸軍の規模の単位ですよ」

「軍隊の規模？」

まったく馴染みのないことに、吾妻は聞き返す。

「軍では集団の規模ごとに名前がついていて、十名程度の分隊から始まって、それが複数ずつ集まると小隊、中隊、大隊、連隊と変化していくんですが、連隊がいくつか集まった集団を『旅団』って呼んでいるんですよ」

さすがにこういったことに、只見はとても詳しかった。

「そういうことか……ちなみに、旅団っていうのは、どのくらいの人数なんだい？」

「そうですね……師団より少なく、連隊よりも多いですから、代表的な米軍で考えれば四千名か五千名といったところじゃないですかね」

「五千名ねぇ……」

あまりの数の多さに吾妻は少しおかしくなり、薄《うっす》らと笑いを浮かべてしまう。

《奴らは、そんなに仲間がいると言っているんですか？　さすがに一個旅団ほどの仲間がいるわけありませんよね》

只見の言葉にも少し笑いがのっていた。

「ありがとう、只見」

《いえ、こんなことならいつでも》

吾妻が携帯を切ってテーブルの上に置くと、雰囲気を察した大村がすっと近寄ってきた。

「何かありましたか？」

「いや、新しい事実は特になかった。徳島幸雄と三月の死んだ経緯が分かっただけだね」

「何か怪しいところはありませんでしたか？」

吾妻は小さなため息をつく。

「僕もそこに期待したんだけどね。二人とも病院で死亡しているし、死因にも特に不審な部分はなさそうだった」

大村は立ったまま腕を組む。

「それでは、脅迫電話をかけてきている奴は、いったい何者なんでしょうか？」

「今のところはまったく分からないね」

吾妻は少し「お手上げ」と言った雰囲気で、両腕を左右に開いてみせた。

「その得体の知れない犯人は、徳島幸雄の死後アパートに住みつき家賃を払い続け、日高から弾薬を受け取って、現在、サブマシンガンを持ち首都圏を逃走しているということですな」

大村は奥歯を嚙むと、山形が目を開いて吾妻を見る。

「これはもしや某国工作員の背乗《はいの》りでしょうか？」

「工作員の背乗り？」

山形は力強くうなずく。

「他国からやってくる工作員は、日本人と入れ替わって生活していると聞きます。きっと、病院で死にかけていた徳島幸雄をターゲットとして入れ替わり、アパートでスパイ活動をしていたのでしょう。だったら、短機関銃を所持していた理由も簡単に説明がつきます」

確かに考えとしては矛盾がないが、それにしてはその後の行動に無理がある。

「だったら、黙って逃走するんじゃないか？」

「……確かに」

首をひねった山形は腕を組む。

「工作員なら善行のアパートから逃走できた時点で、別なアジトへ向かうなり、空港から外国へ高飛びするなりして行方をくらますだろう」

「犯人はわざわざ警察に脅迫電話をかけてきていますからな。これではまるで『見つけてくれ』とでも言わんばかりだ」

大村の言うことに吾妻は同感だった。

「なぜ、第4旅団と名乗るグループは、そんな危ないことを繰り返しているのだろうか？　こんなことをしていても、いずれ捕まることになるはずだし、いつまでも我々が要求を飲むとも思っていないはずですがね」

「いや、楽観的なんじゃありませんか、犯人は」

それには吾妻は首を横に振る。

「僕にはそんな頭の悪い連中とは思えない。彼らはまったく計算も行わずに、サブマシンガン一つで何もかも実現できると思っていないだろう」

山形がウムと唸った時、オペレーターが叫ぶ。

【川崎駅付近で発砲音！】

山形がオペレーターに向かって振り返る。

「なにっ！　状況は!?」

【十六時三十一分。駅付近で銃の発射音が聞こえたとの通報が駅前交番にあったそうです。現在、神奈川県警が通報のあった付近に捜査員を送り込んで捜索中。まだ、詳細は不明です】

「川崎で犯行を行ってきた!?」

「奴らはどれだけの規模なんだ!?」

怒りぎみに山形は言い放った。

吾妻は釈放した紀勢の位置を確認する。

「紀勢はどこにいる？」

オペレーターがすぐに反応する。

【尾行中の警官の携帯位置を出します。最寄りの基地局、新横浜です！】

ポイントは新横浜近くに移動しつつあり、紀勢らは横浜から横浜線に乗ったようだった。

吾妻は一瞬、紀勢が川崎で空砲をまた撃ったのかと思ったが、そうではなかった。

徳島、紀勢そして、川崎での犯行を行った者。

これだけの計画を遂行するのなら、もっと多くの人員を有するグループなのかもしれない。

第４旅団というグループは、思った以上に大きな集団であるような気がした。

そして、捜査本部の混乱をあざ笑うかのように、捜査本部の電話が鳴る！

【犯人より入電！】

まだニュースが始まってもいない時間に電話をかけてきたことに、吾妻の胸には嫌な予感が走る。

大村は素早く前の席へと戻って着席した。

「よし、繋げ！　携帯の発信局を特定しろ！」

大きな声でオペレーターに指示した山形は、吾妻の横へドカリと腰かけて天井のスピーカーに耳を傾ける。

吾妻はいつもの調子で電話に出た。

「なんだい？　まだ、ニュース番組は始まってもいない時間だと思うけど」

《それは分かっているが、忘れていたことがあったので貴様に伝えておこうと考えたのだ》

「忘れていたこと？」

《あぁ、我が旅団も時間がないのでね》

そこは吾妻としても同じ気持ちだ。

「僕としても君が早く自首して、この事件が終結してくれることを望んでいるよ」

《それは諸君らの出方次第だ》

「それで？　話を聞こうか。例の日高の件については、まだ何も進んでいないよ。どこのテレビ局からも断られていて、かなり難航している」

NZテレビで扱うことは決まっていたが、吾妻としては取引材料として、極力有効活用しようと考えていたのだ。

《それは引き続き続けてくれ。夕方のニュースで同志日高の汚名が返上されるものと期待する》

その時、スクリーンの地図に徳島の携帯電波を受けている基地局が表示される。

ポイントを見た山形は「むぅ」と声にならない声をあげた。

赤い点が登戸《のぼりと》付近に出現したからだ。

徳島は予告とはまったく違う方面に出現した。

山形は必死で南武《なんぶ》線《せん》に乗って移動中の犯人を追いかけようとする。

「犯人の乗っている列車は！」

怒号のような山形の声を受け、インターネットを使って時刻表を素早く検索したオペレーターは答える。

【南武線立川《たちかわ》行き普通列車１６４７Ｆと思われます】

１６４７Ｆは列車番号と呼ばれるものだ。

一般人から見ると、普通列車には新幹線のように「のぞみ1号」「かがやき５１１号」などが表示されないので名前がついていないと思われがちだが、日本で走る全ての電車には整理番号のように付けられている。

「では、誰でもいい！　その列車に乗り込んで犯人を確保してくるんだ！」

そう叫ぶ山形に大村が制止するように手を挙げる。

「今からじゃ無理ですよ」

「むっ、無理？」

「ここから登戸までは約一時間、きっと、徳島は別の列車に乗り換えたあとだ」

「では、鶴見へ向けて出発した捜査員を向かわせる。あいつらは今どこにいる？」

山形が言うと「確認します」と他の捜査員が携帯で電話をかけ出した。

そんな混乱を横目で見ながら、吾妻は犯人の移動路線を読み取り、川崎から南武線に乗ったのだと考えた。

《とりあえず、紀勢の釈放には礼を言う。まさか、尾行などはつけていないだろうな》

吾妻の見ているスクリーンには、紀勢の尾行を担当している捜査員の携帯位置が表示されているが、臆することなく吾妻は即答する。

「無論だ。我々は紀勢がどこにいるか知らない」

このままでは第4旅団の言いなりになってしまうと感じた吾妻は、逆に仕掛けることを思いつく。

《では、我が旅団より三つ目の要求を伝える》

だが吾妻は無視して返した。

「そう言えば、君のことをなんて呼べばいい?」

《なんだと? どういう意味だ》

言葉は落ち着いているが、明らかに焦りがある。それはイントネーションの震え方から感じられた。

「前の電話では徳島と聞いていたんだが、僕の知っている徳島幸雄は、半年前にガンで死んでいるみたいでねぇ。藤沢第三病院でさ」

《………》

その沈黙が犯人の動揺を表しているように思えた。

少なくともこの犯人は、徳島幸雄が死んでいることを知っていた人物であるということだ。

もしかすると、徳島幸雄の死に関わっていた可能性だってある。

吾妻は少し余裕を持ち、ゆっくりと話し出した。

「君は徳島ではないと思ってね。このまま名前を間違い続けているのも悪いだろ。だから、君の本当の名前をちゃんと聞いておこうと思ってさ」

すると、犯人は力強く言い返してきた。

《自分は第4旅団の徳島だ！》

「いや、しかし、それは――」

吾妻の言葉を徳島と名乗る犯人が強引に遮る。

《自分は徳島なのだから、今まで通りで問題ない！》

それは今までの中で一番強い言い方だった。

「じゃあそのまま徳島と呼ぶよ。それで？　あの要求で我々を試すんじゃなかったのかい？　それなのに、もう三つ目の要求とはね」

《当初計画では、その予定だったのだが、突然、警察にベースを急襲されてしまったことで、我が旅団の作戦計画が大きく狂ってしまい時間が少なくなってしまったのだ》

既に声のトーンは今までの感じに戻っていた。徳島は動揺から立ち直ったようだ。

スクリーンを見ると、やはり、赤いポイントは南武線沿いに北上しつつあった。

山形は本部に残っていた捜査員を現場付近に投入し、所轄と協力しつつ徳島の頭を抑えようと手配し始める。

だが、吾妻にはそんな手法では、徳島を捕らえることは難しいように思えた。

「それで、今度の要求はなんだい？」

《我が旅団の活動資金を提供してもらおうか》

吾妻は突如現金を要求してくる徳島を、少し不思議に感じた。

「今までの要求は紀勢の釈放、日高の冤罪を晴らすためのものだったが、やはり現金になるんだね」

《我が旅団の存続意義は崇高なものだが、資本主義世界で活動する以上、武器としての現金は残念ながら必要となる》

発言は高尚そうに聞こえるが、要は生活するのには金がいるということか。

そんなことを真面目に語る徳島が、吾妻には少しおかしく思えた。

「つまり自首せずに、その金で残った人生を悠々自適に暮らそうということなのかい?」

吾妻は最後にフッと笑う。

《我が同志らは数々の冤罪事件によって犯罪者とされてしまった。司法の誤った判断により人生を大きく狂わされている。たとえ、刑務所から解放され、汚名を返上できたとしても、皆、まともな仕事にはつくことは叶わないだろう。つまり、この活動資金は冤罪事件に対する慰謝料ともいえるものだ。それに、今回の件は壮大な解放作戦の前哨戦《ぜんしょうせん》に過ぎないからな》

徳島は自分たちが現金を要求する理由を当然の権利としてとうとうと述べた。

そして、今回の要求が通れば、次々とエスカレートしてくることも匂わせた。

「当然の慰謝料ねぇ。反対に言えば、今回取引に応じたとしても、君たちが活動資金とやらに困れば、またこういった脅しをかけてくるということかい」

《無実の者が刑務所に囚われ続け、間違った裁判によって有罪とされる者が出続ける限り、我が旅団の戦いは続くだろう》

徳島には独自の正義感があり、全て他人のせいで自分たちは悪くないという考え方だった。

その考えは日本の司法に完全に反しているが、自分たちで作り出した主張を心の底から信じているようだった。

「じゃあ、いずれは冤罪事件で判決を言い渡した裁判官らに、ネット公開の謝罪でも要求するのかい？」

《そうだな……》

そこで一拍おいてから徳島は語る。

《確かに証拠を捏造《ねつぞう》し、無実の者の証言を聞かぬ警察も検察も、間違った判断を行う裁判官も悪いだろう。だが、本当に悪い奴らは、裁判を受けることもなく世にのさば

る連中だ……吾妻》
その言葉は呪いのように、とても重く聞こえた。
だが、徳島の言う悪い奴らが、誰のことを指しているのかは分からなかった。
「それで？　今回はいくら必要なんだ」
《そうだな……》
少し考えてから、徳島は答える。
《活動資金として十億……いや、五億出してもらおうか》
なぜか徳島は金額を少なく言い直す。
「いいのか、五億で？　別に十億でもかまわないよ」
そう言いながら周囲を見ると、金額を上げようとしている吾妻を、全捜査員が注視していた。
《そんなに用意してもらっても一度に運べないだろうからな。今回はとりあえず、五億で結構だ》
徳島はあくまでもマイペースで、最初の名前の件以外では動揺することはなかった。
もはや吾妻が意地悪なイレギュラーの返しを行っても変わることはないようだっ

た。

「分かった、五億だな」

《新札は番号が控えられているだろうから、使い古しの一万円札で用意してくれ。五億くらい警視庁なら、すぐに用意できるだろう》

本来であれば「現金の用意に時間がかかる」など言い訳をしながら時間を引き延ばすところだ。

だが、名前も顔も犯人の数も分からない状況では、受け渡すタイミングで接触するしかチャンスはない。

やはり顔の見えない犯人と渡り合う誘拐事件でも、現金受け渡しのタイミングが最大のチャンスとされていて、それを吾妻は真似たのだ。

「まぁそれくらいならすぐに用意できるだろう」

吾妻がオペレーターに向かってうなずくと、

「取引金額は五億！」

と、右手を開きながら現金準備担当に伝える。

その命令は次々と伝達されていった。

《では、約一時間後の一八〇〇《ヒトハチマルマル》に拝島《はいじま》駅へ持ってきてもらおう》

徳島は軍隊が使うような時刻の読み方をした。

そんなところからも、この犯人は軍隊などの経験があるのだろうかと吾妻は感じた。

時計を見ると、十六時四十二分を示している。

たぶん、桜田門《さくらだもん》から拝島までは、今すぐに出ても列車では一時間十五分はかかり、パトカーで緊急走行しても同じくらいの時間がかかるはずだった。

そう考えると、既にギリギリの時刻である。

「今すぐに出てもあと一時間じゃ、拝島までは着かないかもしれないな」

吾妻は言い訳をするが、普通ならば犯人は「そんなこと知るか」と言い返してくるだろう。

その場合はヘリコプターを利用して近隣まで運びどうにか間に合わせることになる。

ところが徳島は特に反論することなく、

「では、一八三〇《ヒトハチサンマル》とする」

と、言ってきた。

こいつは……受け取り金額も時間についても拘りがないのか？　それとも柔軟に対

応できる受け取り方法を考えてあったのか？

心の中で吾妻は、そんなことを思う。

それは交渉相手としてはいいが、こういったことを犯す犯罪者としては違和感を覚える。

「ありがとう、徳島。拝島駅十八時三十分だな。そこには君が受け取りに来てくれるのか？」

《そのつもりだ。我が旅団の同志、一個小隊と共に拝島駅に進出する予定だ》

スクリーンに表示されている徳島の位置は登戸近くであり、このまま南武線を北上して、立川から青梅《おうめ》線に乗り換えれば、徳島のほうは余裕で拝島へ到着することができそうだ。

「では、会えるのを楽しみにしているよ」

皮肉を言うと、徳島は冷静に返す。

《吾妻は来なくていい。現金は十個の黒いバッグを用意し、それぞれ五千万ずつ入れ、銀行の女性行員五名に二つずつ両手で持たせろ。そして、拝島駅改札内のドラッグストア前に、一八三〇に待機させるんだ。周囲に警察がいないことが確認されれば、我が旅団の者が受け取りに行く》

「分かった。言う通りにしよう」

《繰り返し言っておくが、駅に捜査員を配置する、バッグに発信機を付ける、ニセ金にすり替えるなどの行為をすれば、諸君らに取引をする意思なしとみなし、拝島駅で機関銃乱射を行い、その場で壮絶な自殺を遂げる覚悟である。また、我が旅団の攻撃は連動しており、首都圏全域の駅構内において同時多発的に攻撃を行うので……そのつもりで》

そこでガチャリと電話は切られた。

【通話、犯人に切られました。携帯電話からの微弱電波は喪失、電源を切ったものと思われます】

徳島の携帯から発した電波を捉える基地局は、リアルタイムで携帯電話会社から送られてきており、その情報はディスプレイに赤い点となって表示されていた。

その赤い点が消えたのは、中野島《なかのしま》駅の少し前だったので、徳島はその駅付近にいることになる。

ただ、使用している基地局が分かるだけで、GPSのように正確な位置を完全に摑めるわけではない。

そこで、赤い点は基地局伝いにポンポン飛ぶようにして表示される。

「今、鶴見へ向かっていた、うちの捜査員を急行させています！」

山形が声を荒らげると、吾妻は首を左右に振る。

「もし、その列車に乗れたとしても、いったいどうやって徳島と名乗る犯人を特定するんです？　我々が摑んでいる情報は、単に『南武線１６４７Ｆに乗っている』ということだけです。犯人の顔、格好の特徴はおろか男か女かも分かっていない状況なのですから」

「ですが、このまま犯人を野放しにしておくわけにはいきませんよ！」

山形は悔しそうに言った。

「気持ちは分かりますが、確保する際の問題もありますから」

「問題？」

山形は聞き返す。

「南武線で使用されている車両は片側四扉のＥ２３３系の六両編成。この時間ですから立って乗る人も多い時間でしょう」

「既に十七時前ですからな」

「Ｅ２３３系一両でシートに座れるのが約四十名ですから百人程度は乗っているはず。そんな車両が六両あれば六百人……。イメージがしっかり固まっていない限り、その中から犯人を捜し出すなんてことは不可能だ」

山形はギリリと奥歯を噛み鳴らす。

「今回は駅構内での大量殺人を予告してきている緊急事態だ。そこは鉄道会社に協力を願って、終着駅である立川で列車に乗っている客を確保して、全員の手荷物検査をホームで実施すればいいのではないか？」

「そんなことをすれば……」

吾妻はすっと右手を銃の形にして前に出す。

「六百人からの客が集まっているホームで、機関銃乱射が始まりますよ。それは、わざわざ徳島のために標的をまとめてやるようなもんです」

「くそっ！　じゃあ、どうすれば……」

イラつく山形はドンと机を叩く。

「サブマシンガンを持っている以上、我々は犯人を完全に特定できない限り確保に動けないということだよ。もし、犯人を間違えれば、即大量殺人に繋がる危険をはらんでいるのだから……」

徳島もそのことはよく分かっているはずだ。

だからこそ、大まかな位置の分かる携帯電話で、列車の中からかけてきているのだろう。

徳島は我々が完全に犯人像を特定できない限り、手を出せないのを分かっているのだ。

だからといって、検問や勘に任せた駅構内での職務質問をすれば犯人が警察の動きに気がつき、その場で乱射に転じる可能性もある。

「我々は正体不明の犯人を膨大な客の中から見つけ出さなくてはならないんだ。それまでは、犯人の要求をのみながらチャンスを待つしかない……」

そのことは山形も理解できたようだった。

「犯人に気がつかれないうちに近づき、サブマシンガンに手をかける前に、瞬間的に制圧する必要性があるということですな」

「そういうことだ」

振り返った吾妻はオペレーターに聞く。

「立川行き普通列車1647Fの立川到着は何時何分だい？」

【立川到着は十七時十分です】

「徳島は余裕で拝島まで間に合うわけか……」

山形はガチャリと立ち上がる。

「では、現金を渡す瞬間に、徳島を捕らえるべく拝島駅の包囲準備を始めます」

「……拝島か」

吾妻は眉間に小さなシワを寄せる。

「どうかされましたか？」

一瞬躊躇したが、すぐに首を振った。

「いや、そのままお願いします。五億円の現金については、僕から後藤寺警視正に連絡して届けさせるように手配しておくから」

「よろしくお願いします。では、現地所轄の昭島《あきしま》署と連携を取りつつ、ここに残る組対五課の総員で拝島へ向かいます」

総員とは言っても山形は各所に捜査員を送っていたこともあり、会議室内にいる組対五課の者は二十名程度で、駅一つを包囲するには心許ない人数だった。

「犯人はサブマシンガンを所持していますので、拝島へ向かう捜査員は全員拳銃を所持することと、防弾衣を着るように。現場指揮は山形さん、よろしくお願いします」

「分かりました」

クルリと回れ右を決めた山形が歩き出し、

「よしっ！　拝島で徳島を捕らえるぞ！」

と、大声をあげると、組対五課の連中も一斉に立ち上がり一緒に動き出す。

すぐに吾妻は上官である後藤寺警視正に電話をし、普段から警視庁で用意されている現金を拠出してもらうよう要請した。

警視庁では営利誘拐、企業脅迫などの事態に対応すべく、既に紙幣番号を控え、ブラックライトに反応する特殊なインクを滴下した札束をある程度用意している。

少し前までは身代金は被害者家族、会社が用意するものだったが、その時になって紙幣番号を控えたりする手間を考慮し、最近ではこういったものを用意するようになっている。

少し離れた場所で拝島での包囲について打ち合わせが始まると、吾妻は大村を呼び寄せた。

「奴らは拝島に現れますかね？　横浜、川崎の時もそうでしたが、こいつも単に我々の捜査を攪乱《かくらん》するための陽動ではありませんか？」

大村が首を捻りながら言うと、吾妻はすっと右手を顎にあてた。

「大村さんの言う通り、これは我々の捜査を妨害するためだろうねぇ」

「では、どうして準備を？」

「徳島が来ないという可能性はゼロではないからね」

「それは確かに……」

「拝島で徳島は何かを仕掛けてくるだろう。何か行動を起こせばミスも生まれてくる」

「それでは警視は、今回の拝島での取引が、徳島の仕掛けてくる罠《わな》だと分かっていても、それにあえて乗ってみようということですか？」

「そうだね。拝島駅に徳島が現金をノコノコ取りに来てくれるとは、さすがに僕も考えてはいないけど、この現金五億を拝島へ持っていくことで、何かが動き出すんじゃないかな。そこからチャンスを摑むしかないと思うんだ」

微笑んだ吾妻は、大村を見て続ける。

「それで、すまないけど、大村さんは山形さんと一緒に拝島へ行ってもらえないですか？」

「拝島へ？」

「ええ、大村さんの目で見て、気がついたことを僕に報告して欲しいんです」

大村は椅子にかけてあった少しヨレ始めているスーツの上着を引っ摑んだ。

「分かりました。私は警視の目となれるように、現場で見て感じたことを、すぐに警視にご報告させていただきます」

「頼むよ、大村さん」

しばらく会議室で打ち合わせをしていた山形らは部下を引き連れて一斉に地下駐車場へ降りていった。

すぐに用意された現金五億円はパトカーに載せられ、警視庁から山形、大村らと共に拝島駅へと向かった。

そんな大村と入れ替わるように只見と稲沢が警視庁へ戻ってきた。

「お疲れ様です！」

只見の大きな声は捜査員が少なくなってガランとなった第三会議室に響き渡り、全員が一斉に振り返った。

二人はまっすぐに吾妻の元へやってきて、机の前に立ったままスクリーンを見ながら、現在までの状況について簡単な説明を受けた。

話を聞いた稲沢は真剣な顔をする。

「このままでは、第4旅団に対して手も足も出ない状態ですね」

「拳銃ならここまでの事態にならなかったと思うが、徳島らはサブマシンガンを所持しているからね。海外のレポートも読んでいたが、正直、ここまで手を焼くとは思わなかった」

吾妻は力なく微笑んだ。

「結局、この第4旅団って奴らは、何がしたいんでしょうかねぇ？」

スクリーンを見上げながら只見がぼやく。

「とりあえず、冤罪事件被害者の救済ですよね？　刑務所にいる冤罪の疑いのある全ての受刑者の釈放とか、現在進行中で冤罪の疑いのある裁判を不起訴処分にしろとか、そのうち要求してくるんじゃないですか？」

只見はフッと口角を上げて稲沢を見る。

「そんなことできるわけがないだろ？　今までの要求みたいに現金とか仲間の釈放程度なら応じるかもしれないが、さすがに、冤罪の疑いのある受刑者を釈放するなんてことは無理だ。そんなことは少しでも考えれば、すぐに分かるはずだがな……」

吾妻は二人を見上げる。

「だが、本当に徳島らが機関銃乱射をチラつかせながら、受刑者の解放や裁判の中止を要求してきたら、政府としては最終的に、超法規的措置として受け入れるしかなくなるかもしれない……」

現在、徳島らの犯行に手を焼き、言いなりに近い状況に追い込まれている吾妻としては、それが正直な感想だった。

「第4旅団の犯罪の困ったところは、顔を見せることなく脅迫を続けられるところだ。徳島らが『これは冤罪だ』と考えた事件については、警視庁へ電話するだけですむわけだからね」

吾妻は目を細めると、稲沢は唇を噛む。

「この第4旅団の狙いは、そこなのでしょうか？」

「自分たちの感覚で人を裁きたい……彼らはそういう幻想を抱いているかもしれないね」

「そんなことになったら、法治国家の仕組みが崩壊してしまいます」

「そういうことだね。徳島らが許せるか、許せないか、が無罪、有罪の判断基準になってしまう」

只見は「そうですかね？」って顔をする。

「横浜で捕まえた紀勢は、そんな感じに見えなかったがな〜。単にミリタリー好きのガキって感じだった」

只見の話を聞いていた吾妻は、少し気になることを思いつく。

「そう言えば、その後、川崎の発砲事件はどうなったんだい？」

すぐにオペレーターが神奈川県警と電話を繋いで問い合わせる。

【結局、犯人は見当たらず。使用されたと思われる銃も発見できなかったとのことです】

「……そういうことか」

鋭い目をした吾妻は、もう一度オペレーターに聞き返す。

「ちなみに、『銃声を聞いた』と言ってきた人物はどうした？」

オペレーターは神奈川県警の担当者に聞く。

【通報してきたのは、二十代と思われる女性だったそうです。通報後は交番を立ち去ったということですが……】

「その通報者の氏名や連絡先は分かるかい？」

【はい。通報者の記録が残っているそうです】

「じゃあ、こっちへ回してくれ。通報者の情報が来たら、それが本当かどうか確認してくれ」

【了解しました】

そんなことを気にしている吾妻を、稲沢は不思議に思ったらしく質問する。

「何か川崎での通報者に、不審な点でもあるのでしょうか？」

吾妻は椅子の背もたれに背中を預けて只見を見上げる。

「只見じゃないが……、僕にも第4旅団の狙いが、どうにも分からなくてね……」

「警視にも……なのですか？」

稲沢が驚くと、只見は「ほらな」って顔をする。

「徳島らは計画を、かなりの年月をかけ綿密に作ってから実施したと思うんだ」

「これだけの規模ですから、きっとそうですね」

稲沢は静かにうなずく。

「それなのに身代金を最初は十億と言ったのに五億と言い直したり、取引時刻を三十分遅らせることに、まったく躊躇なく同意したりしている……」

「確かに……。なんだか、正確無比なものと、いい加減さが同居しているようですね」

稲沢はそう呟くと、タブレットに目を落とした真剣な顔で考え込む。

「その通りなんだ。大胆不敵な行動で我々を翻弄《ほんろう》しているのに、変な部分では脇が甘い。だから、今回の拝島の件についても単に陽動だけ……とは考えられなくてね。本当は第4旅団には大きな目的があって、我々は時間稼ぎに付き合わされているような気がしてしょうがないんだ」

只見は首を捻る。

「愉快犯と呼ばれる連中だって最後は現金が欲しかったわけで、警察を相手に時間稼ぎなんてして、なんの意味があるんですか？　金にもならないのに……」

「さぁ……そこがよく分からないのさ」

吾妻がため息をつくと、オペレーターからの報告がなされる。

【川崎での通報者を確認しましたが、連絡先、氏名ともに虚偽でありました】

吾妻は驚くこともなく「だろうね」と呟いた。

「ということは、川崎の交番にニセの通報を行った奴も第4旅団のメンバーと考えてよさそうだね」

吾妻はオペレーターに川崎の通報者について、現場警察官から情報を集めて似顔絵を作っておくように指示をした。

吾妻が頭を悩ませていると、ずっと考えていた稲沢は、タブレットのカレンダーを見ながら呟く。

「でも、彼らの犯行の決行日であるXデーは、今日一月二十八日だったということですよね？」

只見は「？」って顔をする。

「あいつらは今日、俺たちが家へ突然来たから『窮鼠猫《きゅうそねこ》を噛む』ってことで、銃撃してきただけだろう。実行日は後日だったんじゃないのか？」

「どうして、そう思うんだい？」

首を傾げながら、吾妻は稲沢を見上げる。

「我々が徳島の自宅を訪問し銃撃事件が起きてから、あまり時間が経っていないにもかかわらず、横浜に紀勢は現れました」

「確かにね……」

吾妻は机の上に肘を載せて両手を組む。

「さっきの川崎の件もそうですが、あまりに早いような……。というか、どうも順調過ぎるような気がします。ですので、私は徳島らが事件を起こす日を一月二十八日と決めていたと思ったのです」

「次々と事件に追われていて、そこは考えもしなかったが、稲沢君の言う通りかもしれない」

吾妻は「なるほどね」とうなずく。

「……そんなことしか分からないのですが」

稲沢は恥ずかしそうにする。

「いや、ありがとう。そのことは、とても重要なことだよ。僕は徳島が自宅からせっかく逃走できたのに、どうして、今日、警察に脅迫電話をかけてきたのか、その点がよく分からなかった」

「普通なら立て直すために、少しは間を空けるはずですよね」

只見が答えると、吾妻は再び椅子の背もたれにもたれかかる。

「そうか……どうしても今日、事件を起こさなくてはならなかった。だったら……徳島の動きを読み取ることができるかもしれないな……」

そして、天井を見上げたまま目を閉じた。

0010B

拝島駅

1

大村は覆面パトカー六台に分乗した山形らと、十八時過ぎに拝島駅近くの昭島署に入った。

ここで、女性警察官五名が銀行員の制服に着替え、それぞれが五千万円ずつ入った黒いショルダーバッグを二つずつ運ぶことになった。

まずは私服捜査員が各車に分乗して、拝島駅に十八時半前に着くように出発した。

捜査員らは打ち合わせ通りに駅各所に配置につく。

大村は駅構内へ入り、駅ナカの本屋で待機。

その他の捜査員らも駅周辺を警戒し、怪しい人物がいないか監視を行う。

その後、五人の女性警察官がワンボックスカーで到着。

いずれも紺のジャケットにプリーツスカートという銀行員の制服姿で、一人二つショルダーバッグを両手に持ち、南口から橋上駅舎となっている拝島駅へ一列に並んで入ってきた。

制服姿の銀行員が五人で、夕方に黒い大きなバッグを両手に持っているのは異様な光景だ。

警察官がいくら鍛えられているとはいえ女性である以上、一人十キロになる現金を二つのバッグに入れて持つのは大変なことである。

最初は両手に持っていた彼女らも、片手で五キロの重さには耐え切れなくなり、ショルダーベルトをたすき掛けにして、二つのバッグを肩に、歩き出した。

彼女らには拳銃は所持させなかったが、制服の下に白い防弾衣を着用させた。タイプⅡクラスの防弾衣であれば、厚みは約一センチほどであり、下着の上に着れば外から分かることはない。

五人の女性警察官らが入場券を買って自動改札口を通って中へ入ってくるのを大村は、ドラッグストアの向かいにある書店で、ノベルスを立ち読みしながら見つめる。

「あれじゃ警察官だってバレるんじゃねぇのか?」

一億を背負った五人の顔は必死の形相《ぎょうそう》で、とても、会社帰りといった気楽な雰囲気ではない。

拝島駅は改札内に「Ｄｉｌａ拝島」という駅ナカ施設がある。Ｄｉｌａ拝島にはベーカリーカフェ、そばなどの飲食店舗に加え、コンビニ、ドラッグストア、ＡＴＭといった店も入っていた。

これらの店舗がコンコースを挟むような形で両側に並べられている。

大村は左右をギョロギョロと警察官らしい鋭い目つきで見回す。

もし、徳島を抑えきれず機関銃の乱射が始まったら、普通の駅より多くの被害者を出すだろう。

狙いが外れた流れ弾や、壁で乱反射した跳弾が、店舗内で食事や買い物をしている客に当たる可能性があるからだ。

女性警察官らは徳島が指定してきたドラッグストアの前に並んで立った。

【あと五分で徳島の指定してきた時刻だ。全捜査員は周囲の警戒を厳に！】

ワンボックスカー内に作られた仮の前線本部で指揮を執る山形の言葉が無線を通して、全捜査員に伝わる。

大村は拳銃のホルスターに手をかけ「さて、何を仕掛けてくるかな……」と通路を見据えた。

2

【捜査員、拝島駅での配置を終えました！】

捜査本部にオペレーターの声が響き、スクリーンには捜査員の一人が持っているCCDカメラの映像が映されていた。

山形からの声が捜査本部に聞こえてくる。

【吾妻警視、最終確認ですが、本当によろしいのですか？　徳島が現れれば現金を渡してしまっても】

「かまわないよ」

それは作戦開始前に山形に指示しておいたのだ。

【ですが、こんなことでまんまと現金を手に入れれば、奴らは何度も犯行を繰り返すのではないでしょうか？】

吾妻は少し皮肉を込めて言う。

「うまく手に入ればね……。さっきの打ち合わせで言った通り、現金を受け取る者が現れれば、基本的に素直に手渡してくれ。それが徳島本人でなければ、紀勢の時と同じように、すぐに釈放することになるだけだから」

【徳島本人は現れないのでしょうか？】

吾妻はデスクの上に肘をついて両手を組む。

「一番確率が高いのは、第４旅団のメンバーだろうけどね……。僕だったら警察への脅しによって身の安全が確保されている状態なんだから、事件について何も教えないで受け子を雇うよ。『バッグを受け取ってくる仕事で一人一万円だ』とか言ってね」

【金塊輸送や振り込め詐欺でも、報酬のいいアルバイト感覚で若い奴らが簡単に応募しているそうですからね】

そこで吾妻は真剣な顔を見せる。

「勝負は現金を渡してからだ」

その点については配置に先立って行われた山形との打ち合わせで決められていた。

【すぐに尾行します】

「徳島は正体不明で用心深いとしても、周囲のメンバーや雇った連中はそうじゃないこともあるだろう。そして、必ず、どこかで徳島と接触するはずだから、そこまで尾行を続けてくれ」

【了解しました】

「それに現金については、使い古しとは言っても紙幣番号は全て控えてある。銀行へ回収された瞬間、使用場所は特定されることになっているから」

【では、現金を受け取りに来る者が現れたら、抵抗することなく素直に渡すように指示します】

「現場の判断は山形さんに一任するから」

【了解です！】

怒号のような返事と共に無線は切れ、吾妻は現場の動きに再び注目する。

山形がいなくなってしまったことで、正面のテーブルは吾妻一人となっていた。吾妻の後方では機械を操作するオペレーター二名が忙しそうにパソコンに何かを打ち込んでいた。

事態を受けて第三会議室には、警視庁各部からの応援が集結しつつあり、捜査員は再び六十名ほどに膨れ上がっていた。

最前列のテーブルには只見と稲沢が座り、スクリーンに映る現場からの映像を、固《かた》唾《ず》を呑んで見守っている。

本来であれば映像を見ながら捜査本部の責任者が細々と指示するのだが、吾妻は基本的に現場の指揮に任せているので、ほとんど命令を発することはない。

スクリーン右上の時計は「18:25」と表示されている。

会議室に残り待機している捜査員は、全員が拝島での取引に注目していた。

「なぜ、徳島は今日犯行に及んだのか……」

吾妻は稲沢から言われたことをずっと考えていた。

きっと徳島のアパートにはサブマシンガン以外にも、今後の生活に必要なものがあったはずだ。

だが、徳島は逃走するどころか、サブマシンガンを抱えて犯行に打って出た。

いずれ自宅に残した多くの遺留品から、あそこで生活していたのは徳島幸雄ではなく、誰であったのかも特定されるだろう。

そうした場合、今回のような「正体不明の犯人」という手段が使えなくなる。

「そういった事態を見越して、ここは窮鼠猫を嚙むつもりで犯行に及んだのであろうか？」

吾妻がそんなことを気にしていたのには、徳島の犯行にチグハグな点が色々とあるからだ。

それは、女性警察官に持たせている十個のバッグにも表れている。

「なぜ、わざわざ五千万円ずつに分割して、バッグを十個も用意させたのか？」

紙幣一億円の重量は十キロ程度で、大人の男性なら二つくらい一気に持てなくもない。

少ない人数での持ち運びやすさを考えれば、五個のバッグにしたほうがいいと思われる。

徳島らが人数に余裕があるのか？　それとも、力のない女性に運ばせるつもりなのかもしれないが……。

スクリーンに並ぶ紺の制服を着た女性警察官を見つめながら吾妻は、違和感を覚えていた。

徳島にはそれだけではない、色々な点でピンとこないことが多いのだ。

それが最初に気になったのは「自殺」という言葉だった。

「どうして『自決』じゃないんだ？」

そんな言葉はミリタリーファンの只見ではなくとも、少し歴史を勉強しただけの吾妻だって知っている。

軍人が自分で死ぬことは、日本では自殺ではなく自決と呼ぶのが一般的だ。

犯人がミリタリー系の出身なら、こういった場合自然に「壮絶なる自決」と言いそうなものだが、そこだけ「自殺」と言ったので、徳島に対するチグハグ感を覚えたのだった。

これは犯行を計画した者と、実施している者が違うということなのだろうか？

正確無比でミリタリー事情にも明るい何者かが今回の計画を思いつき、そいつに代わって実施は徳島がやっているのかもしれないな。

吾妻が犯人に対する推理をしていると、突如、オペレーターが叫ぶ。

【犯人より入電！】

やはり、このタイミングで来たか……。

五分前のタイミングで徳島がかけてきたことに、吾妻はそれほど驚かずフッと笑うくらいの余裕があった。

「だろうねぇ」

吾妻の反応の意味が分からず、オペレーターは思わず「はぁ？」と聞き返した。

【使用携帯基地局を割り出します！】

携帯担当がディスプレイを見ながら操作する。

「じゃあ、繋いでくれ」

現場からの映像と共に二画面となって、地図が表示される。

電話が繋がると、吾妻から話しかけた。

「早いねぇ。十八時三十分まではあと五分もある。待ち合わせ時間に間に合わなくなったのかい？」

《旅団からの指示を伝えようと思ってな》

吾妻は「来たな」と、テーブルに覆いかぶさるようにして前のめりで身構える。

「あと五分で現金はそちらに渡すのに、ここで何か指示が必要なのかい？」

すると、徳島はドスの利いた声で言う。

《拝島駅に捜査員がいる。それもとんでもない数だ》

これは徳島が本当に知っているのか？　それとも、ただの憶測で言っているだけなのか？

吾妻は考えを巡らせながら交渉を続ける。

「何を言っているんだ？　我々は拝島駅には捜査員は派遣していない。現地の所轄にも連絡していないから、もしかすると少年課か交通課の警察官が、いつものように駅前を巡回パトロールしているかもしれないがね」

そう説明すると、徳島はしばらく黙り込む。

どこかで拝島駅の様子をうかがっているのだろうか。

捜査員って奴はどんなに普通のスーツを着ていても、鍛えられた体と鋭い目つきを持った顔は変えられないので感づかれる可能性もあった。

危険な事態を考慮して女性警察官に銀行員の格好をさせたが、こちらもやはり目つきや髪の雰囲気から、とても普通のＯＬには見えないかもしれない。

気づいてしまったか……。

吾妻の額に汗が流れる。

ここで徳島らが自暴自棄になり駅構内で機関銃の乱射を始めてしまったら、周囲の客も含め、捜査員もタダではすまない。

拝島へ派遣した捜査員は、警視庁から出る際に全員拳銃を所持しているが、五連発のリボルバー拳銃では一分間に千発と言われるサブマシンガンが火を噴いてからでは、まったく対応することはできないはずだ。

また、服の下に防弾衣を着込んでいるが、防弾衣は首筋、手足を防護することはできず、胸部、腹部でなく、大きな血管を切断するなど当たりどころが悪かった場合、出血多量で死に至ることもある。

だが、拝島駅構内で銃撃戦が始まれば、市民の命を守るために、

「捜査員は死んでも制圧しろ！」

と、命令しなくてはいけなくなる。

吾妻としても、それは避けたかったのだ。

その時、携帯電話を担当する者が、発信基地局を報告してくる。

【携帯の電波は新宿駅近くの基地局を使用！】

会議室内に驚きの声が広がる。

徳島本人は検問のない鉄道網を自由に動き回り、新宿付近まで移動して指示をしていたからだ。

吾妻は「では、第4旅団の他メンバーか、何も知らない受け子が来るってことか？」と思った。

スクリーンの地図は拝島から一気に新宿へとスクロールされて、そこには使用発信基地局を示す真っ赤な点がゆっくりと点滅していた。

吾妻は再び揺さぶりをかける。

「なんだ、徳島自身が現金を取りに来ないのか？」

無論、徳島は自分の携帯位置が我々にバレていることを知っているはずだ。

《だが、我が第4旅団の者が、既に拝島駅に配置に着き、諸君らを監視している。そのメンバーから『多数の警察官が駅にいる』と報告してきたのだ》

徳島自身が現場を見ていないのであれば、吾妻にもやりようがあった。

たとえ彼らの仲間が拝島にいたとしても、横浜の紀勢の時と同じように、徳島から作戦の詳細を知らされてはいないだろうからだ。

「だったら、そいつの勘違いだろう。きっと、そのメンバーは誰を見ても警察官に見えてしまっているんだ。初めて犯罪を行う時は、得てしてそういうものだ。拝島駅に捜査員はいない」

《それは信用できんな》

落ち着いた声で徳島は言った。

「と言われてもね。それが事実である以上、僕らにはこれ以上手の打ちようがない。約束通り現金五億を持って拝島駅で待っているんだ。君たちは早く受け取って機関銃乱射計画を中止して欲しい」

《…………》

少しだけ考えてから徳島は話し出す。

《我が旅団の同志を再び官憲の手に落とすわけにはいかない。また人質を解放させねばならなくなってしまうからな》

「警察はそんなことしないさ」

これで現金を受け取るように、仲間に指示を出すかと思ったが、徳島は意外なことを言い出す。

《では、私の指示通りに動け》

「指示通り？　なんのことだい」

徳島は吾妻を無視してしゃべり出す。

《一度しか言わぬから、メモをとれ》

吾妻がうなずくと、オペレーター二人がキーボードの上に両手を構えて待機する。

《一八三一拝島発、東京行き青梅特快。

一八三三拝島発、青梅行き普通列車。

一八三五拝島発、川越行き普通列車。

一八三八拝島発、武蔵五日市《むさしいつかいち》行き普通列車。

一八三四拝島発、西武《せいぶ》新宿行き急行列車》

予《あらかじ》めメモに書かれた文章を読んだような徳島は、そこで一拍おいてから続ける。

《以上の列車に行員一人ずつで乗るように伝えろ》

「突然そんなこと言われても――」

時間を稼ごうとする吾妻の言葉を、徳島は冷静に遮る。

《吾妻、早く指示せんと、一八三一拝島発、東京行き青梅特快の発車が迫っている。3番線へ急がせないと、とんでもないことになってしまうぞ》

急《せ》かされた吾妻がスクリーンを見ると、時刻は「18:29」を示していた。

思わずチッと舌打ちが出る。

「それで彼女らは、どこまで乗ればいいんだ！」

思わず強く言うことくらいしか、今の吾妻にはできなかった。

《青梅行き普通列車は青梅駅。川越行き普通列車は高麗川《こまがわ》駅。武蔵五日市行き普通列車は武蔵五日市駅。東京行き青梅特快は新宿駅。西武新宿行き急行列車は鷺ノ宮《さぎのみや》駅で、それぞれ下車せよ。そのホームで現金を受け取る》

「それは本当だろうね？」

《既に我が旅団同志は移動を開始している。そして、そちらの行動を監視しているからな。もし一人でも乗り遅れれば我が旅団は作戦を開始する。以上だ》

そこで電話はブチリと切られた。

スクリーンにはオペレーターの打ち込んだ五本の列車が表示され、それぞれの時刻表が検索され、それを見ていた吾妻は思った。

「捜査員を拡散させるのが狙いか……」

すぐに現場指揮官の山形から無線が入る。

【警視、どうしますか!?】

そう言われても、こちらに選択肢はない。

「五人に携帯電話で徳島に言われた通りに指示を出すしかないね。至急、捜査員を五チームに編成し直して彼女らのバックアップに入れるよう。徳島の仲間が近くにいる可能性もあるので、捜査員と女性警察官とは接触のないように注意願います」

【分かりました。すぐ指示します!】

「徳島の狙いは、こちらの警備が手薄となったところで現金の受け取り、または、襲うつもりかもしれません。尾行を行う者は、くれぐれも注意して行動するよう徹底してください。基本的には現金は奴らに渡し、受け取りにきた人間を尾行するように!」

【了解!】

拝島の画面を見ていると、五人の女性警察官の携帯が一斉に鳴り響き、全員が一斉に指示に従ってコンコースを走り出す。

その後ろを十名程度の男たちが、バタバタと追いかけていく姿も映っていた。

もし、拝島に仲間がいるなら、女性行員の後を私服警察官が追ったのを見られてしまったのではないだろうかと心配になる。

いくら全員変装しているとは言え、今まで本を読んでいたり牛丼を食べていた男たちが、一斉に動き出すのは奇異な感じに映るだろう。

無論、徳島はそれを狙っていて、こうして、行員の後ろにどれくらいの捜査員がついているのかを判断するつもりなのかもしれない。

大村が吾妻の携帯に電話してきた。

《警視、奴の本命はどれですか？》

スクリーンに出ている五本の列車をじっと見つめるが、吾妻にはどれという確信は持てなかった。

推理をするにはあまりにも時間も情報も足りていなかったのだ。

だが、この現金受け渡しに関して、吾妻はなんとなく嫌な予感がしていた。

「とりあえず、拝島十八時三十一分発の東京行き青梅特快に乗って東京を目指してください」

時刻を見ると、発車時刻まで時間はあまりない。

《分かりました、警視》

大村は即答して電話を切った。

東京行き青梅特快が十八時三十一分に拝島を発車したのを皮切りに、各列車がそれぞれの目的地に向かって、十八時三十八分までに発車していった。

【捜査本部、報告する。全員指定の列車に乗せた。繰り返す、捜査員は列車に乗った！】

突然の指示ではあったが、山形はなんとか全員指定の列車に乗り込ませることに成功した。

吾妻はマイクに向かって話しかける。

「捜査員はどれぐらいついていけたかな？」

《すみません。一人当たり二人程度でした……》

山形はバックアップとして最低の人数となる二名となってしまったことを心苦しそうに報告した。

二十名近くの捜査員を駅に配置していたが、半分は改札口の外にいた。

あの時間ということを考えれば、一人に二名をつけるのが限界なことは吾妻にも分かる。

「それは、仕方ないさ」

《こちらはどういたしますか？》

「事態が動き出した以上、拝島での動きはもうないだろう。そこで、徳島が現金の受け渡しを言ってきた青梅、高麗川、武蔵五日市はパトカーで緊急走行すれば先回りできるはずだから、現場での受け渡しを監視して現金を受け取りに来た奴への尾行指揮を願えますか？　こちらで新宿、鷺ノ宮は対応しますので」

《了解しました、警視》

マイクから口を離しながら、スクリーンの地図上に新たにポイントされた青い点を見つめる。

それは徳島が現金の受け渡し場所として指定してきた駅だった。

そして、徳島の赤いポイントは新宿にあった。

ということは……東京行き青梅特快が本命か？

マイクを摑んだ吾妻は、会議室にいる捜査員に告げる。

【犯人は現金受け渡しの場所の変更を知らせてきた。そこで、本部からは新宿、鷺ノ宮に捜査員を派遣する。狙いは現金を受け取りにくる人間の尾行だが、新宿には現在徳島が潜伏中のため、新宿に重点をおき四十名、鷺ノ宮には二十名を向かわせるように】

『はい！』

会議室を揺るがすような返事が捜査員から一斉に返される。

【すまないが時間がない。速やかに行動を開始してくれ】

捜査員が一斉に立ち上がり新宿と鷺ノ宮の担当に分かれて、それぞれがどうやって移動するかを決定していく。

新宿に四十名は多いような気もしたが、迷宮のようにどこまでも広がる新宿駅構内を見張るのに、たった四十名しかいないのである。

この程度の人数ではかなり不足していると言える状態だった。

吾妻は腕を組みスクリーンを見上げる。

五つの駅は拝島を中心に放射線状に広がっていた。

スクリーンには女性警察官の携帯位置が表示され、五つの点は時間が経つごとにどんどん離れながら、青く表示された目的地を目指していく。

「本当に現金を受け取る気があるのか?」

吾妻の脳裏には、そんな疑問が浮かぶ。

そう考えたのは、五つのうち二つまでがいわゆる「盲腸線」と呼ばれる行き止まりの路線を指定したからだ。

終着駅から山中に向かって車で逃走する気なのかもしれないが、およそ現金を受け取るのに、交通不便な終点を選ぶ意味が分からなかった。

「もしかして何か勘違いをしているのか?」

そう思った吾妻は、オペレーターに振り返る。

「大崎での日高が事故に遭うまでの防犯カメラの映像はあるかい？」

「はい、こっちにも転送してもらっています」

吾妻は前列にいた稲沢を「ちょっといいかい」と呼んでからオペレーターに指示をする。

「じゃあ、スクリーンの一部に出してくれるかい」

「了解しました」

オペレーターがカチカチとキーボードを操作すると、すぐにスクリーンの一角が開いて映像が流れ始める。

それは大崎駅のエスカレーター付近のカメラから撮られた昨日の映像で、日高が列車に轢かれるまでが収められたものだった。

カメラはホーム側から列車の扉を捉えている。

吾妻はこの映像を何度も見ていた。

「どうかされたのですか？」

現在進行中の事件とはあまり関係ないと思われる映像を、今更見始めた吾妻に稲沢が聞く。

「いや、何か勘違いしているような気がしてきてね」

「勘違い……ですか？」

稲沢が聞き返す。

「第4旅団と称する奴らは、冤罪に恨みを持つ連中が共謀して、駅構内での機関銃乱射を材料にして脅迫し、現在は活動資金としての現金を脅し取ろうとしているが、どうもね」

スクリーンでは大崎での映像がリピートされ、繰り返し流れ続けていた。

一緒に見つめる稲沢は、少し目を背けていた。

再生回数が五回目となった時、吾妻の右目がクッと細くなる。

「すまない。冒頭の日高が車両から出てくるところだけをもう一度流してくれるかい？」

「了解です」

オペレーターは映像を頭に戻して、すぐに再生ボタンを押した。

列車が停止すると、扉が開き車両から8番線のホームへ向かって客が一斉に降りてくる。

しばらくすると最初に日高が現れ、すぐに痴漢に遭った被害者女性が続く。

その瞬間、女は「この人！　痴漢ですっ!?」と叫んでいるように見える。

そこで振り向いた日高の顔は、ものすごく驚いているように見える。

ここが何か変なんだ……。

「すまないが、この部分を拡大できるかい？」

そう言われたオペレーターは、少しすまなそうな顔で言い返す。

「元々の画像が防犯カメラのものですので、拡大するとかなり粗くなってしまいますが、それでもよろしいでしょうか？」

「かまわないよ、それは君のせいじゃないから」

吾妻は微笑んだ。

すぐにオペレーターはキーボードとマウスを使って画面の拡大作業を行う。

「ついでにスローで流してくれ」

「了解。準備できました。スクリーンに流します」

オペレーターもうまくいったか確認するために、スクリーンを吾妻と共に見上げる。

やはり拡大したことで画像は粗くなってしまい、スーパーファミコンのような、人がドット絵状になってゴチャゴチャと表示される。

しばらくすると扉が開いて日高が出てきた。

顔の表情まではハッキリ分からない。だが、こちらを向いているのが、顔なのか髪なのかは分かる。

「やはり、後ろを振り返っているな」

現場にいた稲沢も、そんなことにはまったく気がついていなかったようだった。

「確かに……。ハッキリとは分かりませんが、そうとも見えなくもありませんね」

「二人はすぐ直前まで楽しく話していたような雰囲気に見えないか？」

吾妻はスクリーンを指差す。

「痴漢である日高と被害者である女性がですか!?」

二人はじっとスクリーンに注目する。

吾妻には日高が被害者女性と話しながら降りてきているように感じたのだ。

それなのに、ホームに降りた瞬間、突然女性が豹変《ひょうへん》して痴漢騒動になったように見えたのだ。

「僕と大村さんは日高が『痴漢冤罪詐欺』に引っかかったと見ていたが、もし、事件前に二人が楽しく会話していたとしたら、それもありえない」

稲沢は「信じられない」といった顔だった。

「車内で既に揉めていたんじゃありませんか？　『痴漢した』『してない』と二人は言い合いしながら下車してきたということなら、日高が後ろを見ながら降りてくることになると思われますが……」

推理を聞いた吾妻は画像を指差しながら稲沢に笑いかける。

「僕も最初はそう思っていたんだが、こうしてみると被害者女性は、痴漢と叫ぶまでは笑顔のような気がするんだ」

「笑顔ですか……？」

吾妻の言うことを聞いたオペレーターが、映像を止めて大きくして確認するが、やはり、大きくすればドットはさらに粗くなり、ファミコンレベルの絵になってしまう。

そんな映像を見ていた稲沢は、フッと聞き返す。

「ですが、警視。この二人が知り合いだったとして、何か意味があるんですか？」

「大きな意味があるね。この女は日高の仲間だってことだ……。そうなれば、日高の携帯に残っていた音声データの相手は、この女ってことになる」

「日高と被害者女性が仲間……ですか」

稲沢はスクリーンを見ながら考え込んだ。

その時、オペレーター前のディスプレイが点滅する！

【犯人より入電！】

徳島がこのタイミングでかけてきたことに吾妻は驚く。

時刻は十八時四十三分で会議室内は新宿と鷺ノ宮へ向かう直前の捜査員たちでごった返していた。

捜査員らは立ったままスクリーンを注目しスピーカーに耳を傾ける。

「まだ、現金は指定の場所へ着いていないぞ」

《作戦の変更を伝えておく》

徳島は問答無用に答える。

「作戦の変更!?　少し待ってくれないか？」

さすがの吾妻も動揺してしまう。

《どうした吾妻。捜査員の配置の変更が大変なのか？　単に行員の携帯に電話するだけなんだから、そんなに問題ないだろう》

吾妻が黙ってしまったことで、徳島は付け込むように一方的に話を続ける。

《バッグを窓から放り投げさせろ》

「窓から外へ放り投げる？」

吾妻が聞き返すと、徳島はフッと笑う。

《では詳細を説明する。現在進行中の各沿線に我が旅団同志が既に展開を終えている。そこで、一八四五をもって一斉に左の窓から、バッグの一つを投棄せよ。同志らは列車通過予定ポイントで待機している、以上だ》

それで電話を切ろうとする徳島を、吾妻は大きな声で止める。

「ちょっと、待って！」

《なんだ？　吾妻》

最初の頃から比べると、徳島は落ち着いたもので余裕さえ感じられる。

と言うより、少しハシャいだ雰囲気で、何か高揚感のようなものを感じているような話しぶりだった。

「バッグを窓から投げ捨てろだって？　そんなことできるわけがないだろ。バッグ一つで五キロはあるんだぞ。一般市民に直撃したらどうするんだ！」

吾妻が少し怒りながら言ったのは、いくら犯人からの要求とは言え、沿線住民を危険な目に遭わせることを許すわけにはいかなかったからだ。

《吾妻、指示するのは我が旅団側にある》

徳島は考えを曲げないので、吾妻は取引を持ちかける。

「だったら、駅にしてくれないか？」
《駅？》
「十八時四十五分を過ぎて最初に停車する駅のホームに投げ捨てる。それでいいだろ？」
《なるほど……そういうことか》
「捜査員の心配をしているのかもしれないが、こんな短時間で変更されたら、駅に誰も辿り着けはしない。反対に君たちの仲間が近くにいるなら、余裕でホームで受け取ることができるはずだ」
《…………》
徳島が少し考え込んだのを見て、吾妻は畳みかけるように話を続ける。
「もし、バッグが誰かに当たって死ぬように、目的とは関係のない不本意な死者が出るのは、徳島だって寝覚めが悪いだろ？」
吾妻がこうした取引を持ちかけたのは、最初に銃撃の話をした時、只見らが死んでいなかったことに、徳島がほっとしていた雰囲気を出していたからだ。
機関銃乱射を行うと脅してきている徳島だが、なぜか「人を傷つけたくない」といった面も併《あわ》せ持っているように、吾妻は感じていたのだ。

《分かった。では、駅で受け取ろう》

徳島はそう言って電話を切った。

【犯人からの電話切れました。携帯発信位置は恵比寿《えびす》駅近く！】

徳島自身は新宿から山手線内回りで移動していた。

吾妻は徳島の動きを整理して推理をしたいと考えていたが、次々と要求されたことで、そうしている時間はなくなっていた。

まずは要求を処理しなくてはいけない。

「現在現金を運んでいる列車が、十八時四十五分以降到着する駅はどこだ？」

時間がないこともあり、吾妻は強い口調で叫ぶ。

すぐにオペレーターが時刻表から割り出す。

【青梅行き普通列車は河辺《かべ》に十八時四十七分に到着。川越行き普通列車が箱根ケ崎《はこねがさき》に十八時四十六分着。武蔵五日市行き普通列車は秋川《あきがわ》に十八時四十七分着。東京行き青梅特快は十八時四十五分まで立川に停車。西武新宿行き急行列車も東大和市《ひがしやまとし》に十八時四十五分まで停車中です！】

「では、現金を輸送中の全捜査員に、その旨を至急連絡して、バッグと一緒に捜査員一名は下車しホームで見張るように指示をしてくれ。もし、持ち去る者が現れれば各個に尾行だ」

再び会議室は大混乱に陥る。

人をどこへ配置するかといったことが、実は一番手間と時間がかかる。全体を把握できている本部から見ていれば簡単なことだが、断片的情報を次から次へと与えられる現場からしてみれば、指示の意味が分からず、命令を取り違えることが発生してしまう。

だからといって確認作業をしていては、犯人からの指示に間に合わなくなる。現金受け渡しにおいては、こういった変更が最も困った事態を招く。

そんな中、吾妻は徳島が五億を受け取る気がないのではないかと思い始めていた。

もしかすると、目標金額は五千万円で、残りの四億五千万円をオトリとして使い、一ヵ所だけで受け取るつもりだから、全体額がいくらでもよかったのかもしれないと思ったのだ。

徳島は現金を受け取る気などなく、警察を混乱させる壮大な陽動作戦だとしたら……。

そして、昨日大崎にいた女と日高は仲間であり、湘南新宿ラインでは、日高から9ミリパラベラム弾を受け取っていたのだったら……。

吾妻は大崎のたくさん並ぶ自動改札機の間を通り、逃げるように消えていく痴漢被害者の女が映っている映像を繰り返して見つめていた。

全ての状況を推理した吾妻は、一つの答えに辿り着く。

我々は第4旅団を巨大なグループと思っていたが、もしかすると、実際に犯行を行っているのは、徳島ただ一人なのではないか？

矢継ぎ早に事件が発生したため、落ち着いて状況を整理できなかったが、いざ単独犯と仮定して、整理してみると、ほとんどのことに説明がつきそうだ。

吾妻は新宿から恵比寿付近へと移動した徳島の携帯電話のポイントを見つめながら思った。

吾妻がふと大崎駅改札口の防犯カメラの映像に目を移すと、一人の黄色のスーツを着たＯＬがストッパーに引っかかる。

ＯＬは財布を自動改札機のセンサーに何度かあてているのだが、残高不足になってしまっているようだった。

「もしかすると、こいつを使えば……」

スクリーンと映像を交互に見つめていた吾妻は、何かを決意したようにしっかりとうなずく。

徳島にとっては、今までは自由自在に動き回れる空間として存在していた首都圏鉄道網を、閉じ込める牢獄《ろうごく》に変化させてやる。

そう心に決めた吾妻は、オペレーターに向かって、ワイヤレスマイクを要求する。すぐにマイクが用意され吾妻に手渡された。

素早く立ち上がり大声をあげる。

【全員、注目！】

新宿や鷺ノ宮へ向かおうとしていた六十名程度の捜査員が一斉に気をつけの姿勢で吾妻を注視する。

【現在行っている作業の手を止めて全員聞いてもらいたい。現在我々は第4旅団と称する連中に振り回されており、このままではラチがあかない。そこで、現在進行中の現金引き渡しについては、山形警部と組対五課に任せて、我々は別の作戦を展開する】

会議室にいる全員が直立したまま、黙って吾妻の声に緊張して耳を傾ける。

【我々は今回の犯行を第4旅団と称する集団によるものだと考えていたが、私は徳島と名乗る人物一人の単独犯だと考えている。つまり、サブマシンガンを所持する徳島さえ逮捕すれば、事件は解決する！】

吾妻の大胆な推理に、会議室は驚きに包まれた。

【現在、徳島についてはなんの情報も得られてはいないが、十九時以降、駅自動改札機を通過した場合、本人であることを特定できるようにする！】

それを聞いた捜査員からは、感嘆の声があがり、

「そんなことができるんですか？」

といった呟きが聞こえてきた。

【ただ、この方法が使えるのは一回だけだ。それが徳島にバレてしまったら、二度と使用できなくなり結果的に捕らえる方法を永遠に失う】

只見が前に一歩進み出る。

「警視、どうすればよろしいのでしょうか？」

吾妻は山手線を中心とした首都圏の地図が表示されているスクリーンを指す。

【所轄、警視庁各部の応援を至急依頼して、山手線を中心とする首都圏の各駅自動改札機前に、なるべく多くの警察官を十九時までに配置して欲しい】

「全ての駅にですか!?」

驚く只見に吾妻は厳しい顔を見せる。

【今はこの方法しかない。徳島は新宿から恵比寿へ移動してきた。このあと、どこで

改札を出るかは予測できないが、首都圏のどこかの駅に出るはずだ。その時、こちらの仕掛けたトラップが発動する】

「トラップ？」

漏れ聞こえる声に、吾妻はうなずく。

【トラップの性格上、駅の封鎖という手段は行えない。つまり、捜査員各員が、徳島がトラップに気がつく前に確保してくれなければ、なんの罪もない客が傷つくことになる。それはなんとしても避けなくてはいけない……】

それはもし徳島が発砲を開始した場合、その身を犠牲にしてでも市民を守れと、吾妻は捜査員全員に命令しているのだった。

吾妻が真剣な声で話したために、全員が瞬きすることもなく聞いていた。

【各捜査員には苦労をかけるが、そのつもりで今回の作戦を遂行して欲しい……】

そこでマイクを外した吾妻は深々と頭を下げた。

吾妻の態度に捜査員らはザンッと足を一斉に閉じて、気をつけの姿勢で応える。

【ありがとう】

吾妻は上半身を上げて微笑んだ。

【トラップの詳細については、全警視庁向けの一斉メールで告知する。以上だ】

「よっ――し!!　人員の手配にかかるぞ」

只見の声を合図に、すぐに各所轄へ連絡する者が決定され、駅担当が決定されていく。

第三会議室内は一気にザワつき、警察官の配置が始まった駅には緑のポインターがついていく。

その数は夜空の星のように、あっという間に増えていく。各所轄でも第４旅団の横暴については、苦々しい思いをしており、捜査本部からの要請に率先して協力を申し出てくれたのだった。

「神奈川県警、千葉県警、埼玉県警も協力してくれるそうです！」

緑のポインターの包囲網は、関東全域へと広がりつつあった。

地図を見ながら吾妻は、胸を熱くした。

そこへ稲沢が只見を伴うようにやってきた。

「二人もどこかの駅の配置についてくれ」

そう命令した吾妻に、稲沢が進言する。

「では、大崎へ行かせてもらえませんか？」

「おっ、おい稲沢……」

稲沢の肩に手を置いた只見は、動きを止めようとするような仕草をするが、稲沢は頑固にはねのける。

なぜ、稲沢がそう言い始めたのか吾妻には分からなかった。

「なぜ、大崎なんだ?」

「今回の事件を自分なりに推理してみたのですが、その推理が正しいとすると、徳島は大崎にやってくるのではないかと思ったのです」

稲沢の目は真剣そのものだった。

「只見には稲沢の推理を話したのかい?」

お手上げといった感じで、只見は両手を左右に挙げる。

「聞かせてもらいましたが、俺にはちょっと……」

稲沢は一歩前に出て吾妻に話し出す。

「まず一月二十八日という日付。言うまでもなく今日は湘南新宿ライン脱線事故の七回忌です。次に徳島の自宅にあった首都圏での列車事故に関するスクラップ……。今日の犯行に拘《こだわ》ったのは、この犯人も……あの事故に何か関係がある者なのではないでしょうか?」

稲沢の推理を聞いた吾妻にも心当たりがあった。

「なるほどね……。日高は冤罪事件を恨んでいたと思うが、徳島からは別なものを僕も感じていた。それに交渉中に『本当に悪い奴らは、裁判を受けることもなく世にのさばる連中だ』と言っていたのも、ずっと引っかかってはいたんだ……」

稲沢は吾妻の目をじっと見つめた。

「まだ、足りない部分が多く、しっかりと論理的にご説明できないのは、自分でも腹立たしいのですが、それを待っていては時機を逸すると感じました」

稲沢はすっと頭を下げる。

「ですので、私たちを大崎駅の担当に願います！」

時計を見ると、十八時四十五分を回っており、吾妻がトラップを仕掛ける時間まで、あまり、時間は残されていなかった。

吾妻はすっとうなずく。

「分かった。只見、稲沢両名は大崎へ向かえ！」

「ありがとうございます、警視！」

頭を上げた稲沢を横から引っ摑むようにして、只見が引き連れて走り出す。

「よしっ、じゃあ、急ごう！」

吾妻は少し成長した稲沢の背中を頼もしく見つめていた。

0011B

サブマシンガン乱射

警視庁から覆面パトカーで急行した稲沢は只見と共に、大崎駅前に到着した。

時刻は十九時ちょうどだった。

帰宅時間と重なり、オフィスビルへと続く通路は、多くのサラリーマンやＯＬが駅へ向かって歩いていた。

パトカーを降りた二人は、そんな人たちを追い抜きながら南改札口へ走る。

「それでどんな奴を確保すりゃいいんだ？」

「そこは分かりません」

冷静な口調で稲沢は答える。

「分からないってよぉ。警視が言っていたが、この作戦では駅の封鎖も検問もできないんだろ」

だが、稲沢は力強く答える。

「狙うのはサブマシンガンで無差別殺人をしようとしている犯人です」

「男なのか？　女なのか？」

「それも分かりません」

「じゃあ、年齢は？　若いのか？　中年か？　老人か？」

稲沢は首を左右に振る。

「それもまったく見当もついていません」

犯人像については見当がついていなかったが、徳島は事故に関係している者と考える稲沢には、大崎へやってくる確信があった。

「それでどうやって、犯人を逮捕するんだ？」

「吾妻警視がたった一つだけ、犯人を見つける方法を考えてくれたから、それに従うだけです」

「犯人を見つける方法〜？」

メールを確認していないらしい只見は、ため息をつきながら言った。

新東口から走ってきた稲沢らは、南改札口に到着する。そこには銀の自動改札機がズラリと十台ほど並んでいた。

稲沢は携帯へ送られてきた捜査本部からの一斉メールを読むと、只見の顔を見上げる。

「私は駅員室に入って犯人が改札口に来たら大声で叫びますから、只見さんは自動改札機付近にいて犯人がサブマシンガンを抜く前に確保してください」

「それは了解だが、顔も性別も分からない犯人をどうやって区別するんだ？」

「それは私に任せておいてください」

稲沢が向かって右側にあった有人改札のほうへ歩くと、只見も後ろからついてきた。

有人改札の前に立った稲沢は、内ポケットから警察手帳を取り出し、カウンター内に立っていた女性駅員に見せた。

女性駅員は胸に東日本のエンブレムをあしらったグレーのジャケットに、同色の細身パンツをはいている。

彼女は青いラインが巻かれた女性警察官と同じような、左右がはね上がった丸い帽子を被っていた。

「警視庁刑事部捜査一課・特殊犯捜査第四係の稲沢という者です。お忙しいところ申し訳ございませんが、捜査にご協力願います」

駅員はすぐに扉を開けた。

「分かりました。『警察の方が来た場合には協力するように』とのお話は本社より、先ほど緊急一斉メールで流れてきております。どうぞこちらへ」

「俺は中で待機しているぞ」

只見は有人改札を通って駅構内へ入り、自動改札機の一番向こうに立って目を光らせる。

「失礼します」

扉を通ってカウンターの中へと入った稲沢は、有人改札付近に並ぶディスプレイを見回す。

「この中で自動改札機のチェックモニターは、どれですか?」

女性駅員はカウンターに置いてあった一台のディスプレイを指で示した。

「こちらです。こちらで全ての自動改札機を監視することができます」

「では、すみません。こちらを見させてください」

「どうぞ」

駅員はディスプレイの前を稲沢に譲った。

時刻が十九時十五分を指した時だった。

ホームのほうからザワザワと大きな声で話しながら歩いてくる黒い服の集団が近づいてきた。

「あの人たちは、もしかして……」

稲沢が呟くと、さっきの女性駅員がグループの真ん中くらいを歩く、一番背の高い細身で上部にだけ黒いフレームのある眼鏡をかけた男を指す。

「あれは弊社鉄道事業本部長の北王子です。本日はカーブ近くに作られた湘南新宿ライン脱線事故現場において七回忌の式典が行われますので……」

稲沢はじっと北王子を見つめる。

「今日は一月二十八日ですからね」

「あの痛ましい事故がありましたのは、十九時四十二分ですので……」

女性駅員は悲しそうな顔で少しうつむいた。

喪服を着て黒いネクタイを締めた二十名程度の集団は、コンコースの真ん中を歩いてくる。

多くのサラリーマンやOLが駅の中へ入ってくるので、必然的に外へ出る自動改札機は三つ程度に絞られていた。

喪服のグループも三列となり、南改札口の自動改札機に一斉にICカードをあてながら、通り抜けていく。

稲沢の見つめるディスプレイには、それぞれのＩＤが表示されて、次々と下へスクロールされた。

やがてグループが真ん中くらいまで達し、北王子が改札を通った時、その横にシャレたストローハットを被り、カーキのトレンチコートを着た男性が並ぶ。

ティアドロップタイプの真っ黒なサングラスをかけるその男性は背が高く、コートから出ている七分丈のジーンズをオシャレに着こなしていた。

じっと見つめていた稲沢には、その男性の背格好に見覚えがあるような気がしてきた。

稲沢は胸騒ぎに襲われる。

トレンチコートによって体のラインは隠され、サングラスによって顔の多くが見えない以上、男性か女性かは格好で判断するしかない。

格好から言えば確実に男性なのだが、稲沢は強い違和感を覚えた。

次の瞬間、手元のディスプレイに注目する。

ピンポ――――ン！

男性はＩＣカードをあてたが改札機のストッパーは開かず、外へ出られない。

稲沢はディスプレイに表示された交通系ＩＣカードのＩＤを瞬時にチェックする。

稲沢は思い切り目を見開く。

この人だっ！

吾妻の考えた作戦はこれだった。

犯人は相変わらず「徳島幸雄」名義のＩＣカードを使っている。

そこで、駅の有人改札に捜査員を派遣し、ディスプレイで監視しようというものだった。

今日の終電がなくなるまでに、徳島は必ずどこかの改札口を通るはず。

その瞬間に確保しようというのだ。

吾妻は首都圏の鉄道網を利用して、徳島ただ一人を捕まえる牢獄を作り出したのだ。

稲沢の顔の変化を察した只見は、ストッパーが閉じられた自動改札機へ向かって移動を始めた。

ディスプレイに表示された番号は、捜査本部より送られてきたメールに書かれていたＩＤとまったく同じもの。

吾妻は「徳島幸雄」名義のＩＣカードのＩＤを全捜査員に送ると共に、東日本に要請して十九時をもって使用禁止にしてもらったのだ。

ディスプレイで通過する全員のＩＤをチェックするなんてことは不可能だが、ＩＣカードが十九時で使用禁止となれば、各捜査員は改札口で引っかかった時だけディスプレイをチェックし、その表示が「使用禁止カード」となっていれば、速やかに取り押さえるという方法を吾妻は考えたのだ。

吾妻の仕掛けた壮大な網に犯人は引っかかった！

前の男性と話をしていた北王子は、何も気にすることなく自動改札機を通り抜けていく。

徳島と思われる男はチッと舌打ちをして、右手を大きく振りかぶり、もう一度ＩＣカードをセンサーに触れさせようとしていたところだった。

カウンターに手をついた稲沢は、只見に向かって叫ぶ。

「只見さん！　そいつです！」

「警察!?」

そう驚いた声は高音で、男のものではなかった。

振り返った拍子にストローハットが床に落ち、中から黒いセミロングの髪が広がる。

「犯人は女だったのかよっ！」

閉じていたトレンチコートの前をバサッと瞬時に開く。

「邪魔はさせない！」

女は髪を振り乱しながら声をあげる。

腰に巻かれた太いピストルベルトの右には、長さ二十センチ程度の黒い金属製の箱、左にはマガジンが吊られていた。

それがサブマシンガンであることを、稲沢はすぐに直感で理解した。

只見は怒濤《どとう》の勢いで女の後ろに回り込み叫ぶ。

「警察だ！　武器を捨てろ！」

もう、警察手帳を出している余裕はない。

だが、女は躊躇することなくサブマシンガンのグリップを右手で掴みホルスターから抜くと、素早くグリップ下からマガジンを叩き込む。

そして、左手で本体上部についているコッキングレバーを手前に強く引きつつ、人差し指をトリガーにかけた。

只見が大きく通る声で「警察だ」と叫んだことで、周囲の客全員が、二人の動きに注目して固まってしまう。

稲沢も駅員室のカウンターに手をついて、勢いよく両足を回して飛び越えると、両手を口の横につけながら思い切り叫ぶ。

「皆さん!!　伏せて――!!」

只見が迫り、女がサブマシンガンを右手に握る。

殺気を感じた女性客は、

「きゃぁぁぁぁぁぁぁ！」

と、一瞬でパニックに陥った。

周囲の客が無我夢中でタイルのフロアに身を投げ出すように転がると、他の客らも続くようにして腹ばいになる。

稲沢は咄嗟に柱の陰へと飛び込む。

腰から抜いた瞬間にセーフティを外した女は、トリガーを勢いよく引いて銃撃を開始した。

ブルルルルルルルルルルルルルルルルル!!

善行のアパート前で聞いた、超高速で携帯バイブレーションのような音が、大崎駅南改札口で鳴り響き、銃口から弾丸が連続で発射される。

単純で頑強なサブマシンガンは、一分間に千発と言われる驚異的な発射速度を生み出す。

トリガーを引き続ける限り発射が続く。

エジェクションポートからは、金色に輝く空薬莢が外へ放り出され、フロアに落下した空薬莢はキンキンという不気味な金属音を鳴らす。

女は自分の足元から只見のいる方向へ半円形を描くように右手を回しながら振り上げる。

女の足元から次々と火花が炸裂《さくれつ》し、それは一本の光の筋となって天井へ向かった。

「うっ!」

その瞬間、只見は苦悶《くもん》の表情を浮かべると、同時に女も眉間にシワを寄せる。

フロア、自動改札機、壁に命中した弾丸は、最後に天井へ向かって撃ち込まれ、ガシャンと音をたてて天井から照明の破片が降りそそぐ。

反射的に大きな音のするほうから逃げ出す者、両耳を押さえてその場にしゃがみ込む者、携帯カメラを向けて近づいてくる者で南改札口付近はパニックに陥る。

女の前で仁王立ちとなって止まった只見を見た稲沢は悲鳴をあげる。

「只見さん――!!」

茶の革ジャンの腹部には穴が一つ開いており、そこから白い煙が薄らと上がっていた。

時間が止まったかのように立ち尽くす只見の額には脂汗がじっとり浮かび、両腕は小さく震えた。

「9ミリでも……痛ってぇな……」

只見は背中のほうからパタンと倒れ、フロアに仰向けとなって横たわる。

「じゃ、邪魔をするからよ……」

眉間に力を入れて顔をしかめた女は、周囲に向かってサブマシンガンの銃口をグルリと回す。

銃口を向けられた先には次々と「きゃあ」という悲鳴が起こり、射線上の人が全てモーセの海のように分かれるかフロアに伏せた。

「動くな！　動けば容赦なく撃つ！」

その場にいた全員、足がすくんで一歩も動くことはできない。

雨のように発射される弾丸によって、人が容赦なく撃たれるのを見て、逃げ出せる者はいなかった。

女はサングラスを取ってフロアに放り投げた。

「ふんっ」

誰もが動けない状況を見た女は、「おらっ！」と自動改札機の緑のストッパーを右足で蹴《け》り飛ばす。

瞬間、自動改札機には赤い鮮血が飛び散った。

女が自分の足元に撃った弾丸が跳弾し、右足に当たったことで深い傷を負ったようだった。

自動改札機のストッパーを無理矢理押し出し、女は右足を引きずるようにして歩いて出ていく。

駅職員は制止することも注意することもできず、ただカウンターや壁に身を隠しながら女の動きを目で追うだけだった。

革のローファーをカツン……カツンと不規則に鳴らしながら自動改札機を通過した女。その右足からは、血が伝わり落ちてフロアに流れていく。

サブマシンガンを持ち、ホールに作られたランウェイを歩くモデルのように、全員の注目を集めながら一歩一歩進む。

苦しそうに肩で息をしながら歩いた女の先にいたのは、頭を抱え込んでフロアに顔を伏せる北王子だった。

L字形をした漆黒のサブマシンガンから飛び出している、五センチほどの丸い銃身の先を北王子の頭にピタリと合わせる。

「あんたが……北王子だね」

ロック歌手のような少しハスキーな声で女は聞く。

この距離で女がトリガーを引き絞れば、北王子の体はアパートの扉のごとくハチの巣になることは、稲沢にも分かったが、今から走っても間に合わない。

それどころか走り出した瞬間に銃撃を浴びて、女に辿り着けない可能性もあった。

稲沢は「どうすれば……」と必死に考える。

一応、銃は携帯しているが、女のサブマシンガンと撃ち合って制圧する自信はない。

だからといって格闘術を使って相手を倒せるような体格的優位もなかった。

あの只見さえ、フロアに横たわりピクリとも動かないのだ。

だが、警察官としてこの事態を見逃すわけにはいかないと考えた稲沢は、極力姿勢を低くすると、柱の陰からカウンターの後ろに移動し始めた。

カウンターの向こうからは、断末魔のような叫び声が聞こえる。

「ちっ、違う！　私は北王子じゃない！」

ここで「そうだ」と答えれば撃ち殺されると感じた北王子は、両腕で覆った頭を左右に振りながら必死に叫ぶ。

それを聞いた女は左目を一度ヒクつかせると、左足を後ろへ大きく振ってから前へ蹴り出す。

女の履いていた靴の鋭い先端が、うずくまっていた腹部の奥深くに命中し、北王子は「ぐはっ」と苦しそうな声をあげる。

そして、フロアをゴロゴロと二メートルばかり転がり、仰向《あおむ》けになって横たわった。

苦しそうな表情を浮かべた北王子は、右手で腹部を押さえながら、左手だけを使ってなんとか上半身を起こす。

高級ブランドで作ったと思われる服には、フロアの汚れがついて、あちらこちらがまだら模様となり、しっかりとセットさせていたヘアスタイルは大きく乱れていた。

額からの汗が止まらなくなってしまった北王子は、大きな体を上下に揺らしながら「はぁはぁ」と荒い息遣いをしている。

女も足のダメージが大きいのか、北王子に蹴りを入れたところから一歩も動けないでいた。

北王子の情けない顔を見下ろした女は、嬉しそうにニヤリと右の口角を上げる。

「お前……やっぱり北王子じゃないか……」

それは見た者が凍り付いてしまいそうな、零下の微笑だった。

「ちっ、違う……。わっ、私は——」

その瞬間、女はユラリと体を動かし、ほんの少しだけ銃口を左へ向けて素早くトリガーを引く。

パン！

一発だけ発射された弾丸は北王子の脇をかすめてフロアに着弾し、フロアタイルを粉砕した。

「あぁぁぁぁぁぁぁぁぁ！」

銃撃が体をかすめて皮膚が切り裂けたのか、それとも跳弾がどこかに当たったのかは分からなかったが、北王子の右脇腹は赤く染まる。

そして、真っ赤な血溜まりが、ゆっくりと広がり始めた。

「そのツラ……忘れるわけがないだろ？　北王子」

「…………」

苦しそうな表情の北王子は、目を何度もヒクヒクさせながら女の顔を見る。

「おっ、お前は誰だ!?」

「あんたとは、六年前にも会っているのに、忘れてしまったようだね」

「六年前⁉」

北王子は思い出そうと必死に頭を巡らせるが、この女が誰なのか思い出せないようだった。

「どうして、こんなことをする⁉ 私は何も悪いことはしていない！」

女はフッと微笑する。

「何もしていない〜？ どうもあんたは、会社の命令さえあれば、どんな悪いことをしてもいいと思っているみたいね」

ユラユラと頭を動かす女の顔は幽霊のように白かったが、目の奥には燃えるような執念があった。

「会社の命令⁉」

一瞬戸惑った北王子は、女を見ながら続ける。

「わっ、悪いことなどしてはいない！ そして、我々はサラリーマンなんだ。会社のために必死に努力することは、当然じゃないか！」

北王子は必死で叫んだ。

それは嘘ではなく心から思っていたことのようだった。

「じゃあ、会社のために死ぬのもしょうがないわよね……」

女は改めて北王子の胸に狙いをつける。

「まっ、待て！　撃つな！　撃たないでくれ！」

北王子は銃口の前で必死に右腕を動かす。

「会社の命令で危険な部分があるかもしれない車両を設計し、会社の命令で製造して走らせているけど、事故が起こったら知らないふり？」

何物かに取り憑《つ》かれたような女の声は、震えながらも次第に大きくなり、執念のボルテージが爆発せんばかりに高まる。

「そんな言い訳が通じるわけがないでしょ!!」

女がトリガーに指をかけると、北王子は「ひっ」と観念してグッと両目をつぶった。

その時、カウンターの後ろから全速力で飛び出した稲沢は、銃口の前に立ちはだかって両手を広げる。

「やめなさい！」

これが稲沢が考えた最良の策だった。

目の前に現れた稲沢に、女は冷徹に警告する。

「どきなさい。そんなことをしてもあなたごと撃つだけよ。私にはもう失うものはないし、死ぬ気でやっているから……」

「死ぬ気で？」

それが女から感じる執念の正体なのだと、稲沢は対峙しながら感じた。

「あなた、こいつと一緒に死ぬわよ」

稲沢は、瞬きすることなく女の目をしっかり見つめる。

「あなた……徳島幸雄さんの元奥さんですね」

稲沢に言われた女は、二度瞬きをしてから、

「そうよ」

と、答えた。

湘南新宿ライン脱線事故関係者の中で、誰が今回の犯行の首謀者か分からなかったが、アパートの状況を鑑みて、幸雄の元妻という線は、最も濃厚なものとして稲沢は考えていた。

元妻は北王子を改めて睨みつける。

怒りとともに大きな悲しみをたたえる目。そこからは涙が溢れんばかりだった。

「そして、あんたは娘への手向《たむ》けに死んでもらう」

「たっ、手向けとはどういう意味だ？」

まだ、北王子には自分が襲われる理由が分からず、稲沢の後ろに隠れながらわめく。

「それは……今日が娘の七回忌だからよっ！」

稲沢の向こうにいる北王子に女は銃を向けたまま言い放った。

首を捻った北王子は、必死になって元妻の誤解を解こうと話し出す。

「七回忌？　あっ、あんた何か勘違いしていないか？　湘南新宿ライン脱線事故で死んだのは、うちの運転士だけだ。他には誰も死者は出ていないぞ」

それを聞いた元妻は体をワナワナと震わせ、右手に持ったサブマシンガンの銃口もガタガタと激しく上下に揺れる。

「あんたみたいに金儲《かねもう》けしか考えてない人には、分からないでしょう……」

怒りに満ちた元妻は血まみれになった右足を、血溜まりからズルリと引きずって北王子に近づく。

「命が助かったからといって、十七歳で半身不随となって車イス生活になった女の子の気持ちなんて、あなたには分からないわ……。一生そのままと分かって絶望し、自殺してしまう娘の気持ちなんか！」

さらに一歩歩いた元妻は決死の形相で語り出す。

「娘をあんな姿にした事故に納得できなかった私たち夫婦は、必死に事故原因を調べ、裁判は全て傍聴した。そして、あの事故は運転士の運転ミスなんかじゃないということが分かった」

「あっ、あれは……運転士の速度超過による――」

汗をダラダラ流しながら北王子の反論を元妻は首を左右に振って遮る。

「あれは車両の設計ミスによる事故よ」

それには稲沢も驚く。

「車両の設計ミスだったんですか!?」

すっと後ろの北王子を見ると、苦しそうな顔でグッと奥歯を噛みうつむく。

「湘南新宿ライン脱線事故で脱線した車両は、北王子が重量半分、価格半分、寿命半分といったコンセプトをもって設計し、台車には『空気バネ台車』が使用されている」

「空気バネ台車?」

聞き慣れない鉄道用語を稲沢は聞き返す。

「鉄道車両の台車は車体の重量を支えながら、走行中の振動と衝撃を吸収する機能が必要になる。少し前までは輪軸を支える軸バネと車体を支える枕バネを持ったシステムが搭載されていた……」

そこで稲沢はカラクリの一つに気がつく。

「それを空気バネだけにして、北王子さんはコストダウンと重量軽減を図ったんですね」

元妻は静かにうなずく。

「だけど、この空気バネ台車を履いた車両には欠陥があった。高速を出すと重量が半分となった車両は、重心が上へ移動して浮き上がるような状態となる。その状態で急カーブへ入り、遠心力が働けば台車の上の車体だけが予想外に傾く。そこで挙動に驚いた運転士が減速しようと、強くブレーキをかければ……。今までのシステムより反発力の高い空気バネは、吹き飛ぶように反対に弾かれる……」

ぐっと涙を飲み込むように目を閉じてから再び開く。

「そして、あの事故は起きたのよ……」

元妻は北王子を厳しい目で睨みつけた。

「そうでしょ！　北王子！　あんたが会社の命令に従って作った車両が私の娘を殺したのよ。そして、許せないのは娘を殺したあなたは、なんのお咎《とが》めも受けることなく、会社内で出世して幸せな人生を歩んでいる。私たちのような家族のことなんて忘れて！」

元妻の目からは涙が溢れ、ボロボロと流れ出た涙は頬を伝って自分の作った血溜まりに落ちた。

「だから、あなたは死ぬしかないのよ……」

意を決した元妻が再びトリガーに指をかけると、北王子は体を無理やり引きずり寄せてフロアに頭をつけた。

体にはもう力が入らないらしく、額を勢いよくタイルのフロアに激突させてしまい鈍い音がした。

「うぅ……すみません……うぅ」

北王子は嗚咽《おえつ》混じりにそんな言葉を口にした。

「私も事故があってからテストをして台車の危険性を感じたのですが……うぅ……」

下を向いたままの声はこもっていたが、北王子が本気で言っていることは稲沢にも伝わってきた。

「それじゃ、どうして危険な車両を製造し続けたのよ!?　三月が殺されてから六年間も！」

元妻は上半身を傾けて詰め寄る。

「止めれば、私はたぶん首になってしまう。だから……怖くて言えなかったんです……」

そこで、すっと上げた北王子の額から流れ出した血は顔の横を流れてフロアに点々と落ちる。

北王子は真剣な顔で元妻に真摯《しんし》に答えた。

目には涙が溢れ、止めどもなく流れる涙の意味は、元妻や娘に対する贖罪《しょくざい》の涙であり、きっと、事故のことを数年前に忘れてしまった自分に対する反省の涙なのだと思われた。

北王子が元妻との間に塞がって立つ稲沢の腰を横へゆっくりと押しのける。

「きっ、北王子さん!?」

稲沢はおしとどめようとするが、激しく首を横に振って北王子は拒絶した。

そして、元妻がまっすぐに見えるようになると、全身の力を振り絞って、しっかりとフロアに頭をつけて言った。

「本当にすみませんでした！」

北王子は泣きじゃくりながら続ける。

「私が死んだくらいで娘さんの手向けになるのなら……そうしてください。……私は、自分の罪を償います……」

無論、そんなことを警察官として許すわけにはいかない。

「何を言っているんですか!? 北王子さん！」

体を揺さぶるが北王子の決意を示すように、稲沢の力くらいではびくとも動かなかった。

稲沢は元妻の前に立ちはだかる。

「絶対に撃たせはしませんよ！ そんなことしても三月ちゃんが喜ぶはずがないじゃないですか！」

目を大きく見開き、両腕を思い切り広げる稲沢の目にも知らないうちに涙が溜まっていた。

それは二人の気持ちが心の中へ入ってきてしまったせいだった。

二人の想いが痛いほどに稲沢には理解できたのだ。

その時、元妻の右手からフラリと力が抜けた。

「きっと、三月に聞こえたでしょう……」

サブマシンガンを持っていた右手は重さに任せてダラリと下がった。

それを見た稲沢は、思わずほっとする。

「そう……それでいいと思います」

目から執念というものが消えた元妻の顔は、少しやさしいお母さんのような雰囲気が漂っていた。

「じゃあ、北王子さん、一つだけ約束してくれる？」

ゆっくりと上半身を起こした北王子は、まっすぐに元妻の目を見つめた。

「なんでしょうか？」

「これからは安全な車両を作ってください……」

元妻は切実な思いを込めて静かに言った。それを北王子はしっかりと受け止める。

「約束します。これからは私も経営にも大きく関わる立場になりますから……」

その約束は元妻が最も聞きたいことだったような気がした。

「じゃあ、これで終わりにするわ……」

その言葉を聞いた稲沢が、元妻から銃を受け取ろうと歩み寄ろうとした瞬間だった。

元妻は右腕を持ち上げ、自分のこめかみに銃をピタリとつけた！

目的が果たされたと感じ、自殺を図ったのだ。

「やめなさい！」

稲沢はダッシュするが、二メートル先まで一瞬で手が届くわけもない。

やさしい顔に戻った元妻は、おだやかな表情で目を閉じてトリガーを引く。

右腕を目一杯まで伸ばした稲沢は、はっと息を呑む。

ブルルル！

銃撃音は三度だけ鳴って止まった。

「ちょっと、離しなさい！」

銃口は天井を向いていた。

「あんたが自殺しても、娘は喜ばねぇだろ？」

元妻の右腕を吊り上げていたのは只見だった。

只見はサブマシンガンのトリガーを力強く押さえ込んでいた。

そして、空いていた左腕でサブマシンガンの本体を摑み、子供からおもちゃを取り上げるように、アッサリと元妻の手から奪い取った。

「稲沢！　こいつを頼む」

セーフティロックをかけて横にしたサブマシンガンを稲沢に渡し、元妻の両手を背中に回した。

圧倒的な力で抑えられた元妻は、ダンとその場にひざまずき首をうなだれた。

「武器と犯人を確保！　繰り返す、武器と犯人を確保！」

只見の声が響き渡ると、周囲からは感嘆の声があがり、どこからともなく拍手が起こった。

所轄の制服警官らが大挙して南改札口へと殺到し、パトカーのサイレンの音が聞こえてくる。

だが、事件の終わった南改札口は修羅場と化していた。

元妻や北王子の血がいたるところに血溜まりを作り、天井には内戦さなかの都市のビルのように銃撃による穴が開き、自動改札機からはピシッと火花が上がっていた。

命拾いした北王子は大喜びでもするかと思ったが、すぐに元妻の元へ歩き、

「本当にすみませんでした……本当にすみませんでした……本当に……」

と、何度も何度も頭を下げていた。

座り込んでからの元妻は、まるで魂が抜けてしまったように何もしゃべらず、北王子の謝罪の声にボンヤリとうなずいていた。

手元にあるサブマシンガンとフロアに座り込んでいる元妻と、謝罪を続ける北王子の姿を見ながら、稲沢は、

「どうしてこんなことになってしまったのだろう」

と、なんとも言えない悲しい気持ちになっていた。

0012B

想い

今回の一連の事件の戒名《かいみょう》は「東京・神奈川短機関銃乱射事件」となった。

あの事件から丸一週間、稲沢は再び内勤ばかりの生活へと戻っていた。

「そろそろ行くか」

隣に座っていた只見が椅子の背もたれにかけていたグリーンのジャンパーを引っ摑み、乱暴に椅子をデスクの下へ入れて立ち上がる。

「もうそんな時間か」

時刻を見ると、十七時半になっていた。

警視庁の内勤の勤務時間は、原則八時三十分から十七時十五分までである。

只見は稲沢を気にすることもなく、部屋から一人で廊下へ出ていく。

吾妻と大村はおらず、稲沢がテッパンを出る最後の一人となった。

東京・神奈川短機関銃乱射事件について多くの捜査員と所轄警察が参加したことで、報告書は膨大なものとなりそうだった。

事件を起こした女は両毛美香《りょうもうみか》といい、徳島の元妻だった。

身辺調査では海外にいるとのことで追跡しなかったが調べてみると、三ヵ月くらい前に東南アジアへ出ていたが三日ほど前に帰国していた。

情報が神奈川県警から入ってきたのは時既に遅く、事件が全て解決したあとだった。

徳島の元妻は離婚してから旧姓の両毛に戻っていた。拘置所に送られた美香は事件について反省し、少しずつだが自供も始めていた。

だが、実行を終えたことで、美香は燃え尽き症候群のようになっているとのことだった。

あれから丸一週間が経ち、今日は事件のあった金曜日。

稲沢は毎日のように報告書作成業務に追われていた。

「どのみち、しばらくは終わらないわね」

周囲に積み上げられた段ボール箱を見て稲沢は諦めた。

タブレットパソコンをグレーのケースにしまうと、デスクの引き出しへ入れて鍵をかけた。
立ち上がった稲沢は後ろのハンガーラックから、グレーのステンカラーコートを取
って、二つに折り込んで左腕にかける。
相変わらず化粧っ気もなく、髪は後ろで一つにまとめているだけだ。
只見を追うように出口へ向かって歩き、扉近くにある電灯のスイッチを消して扉を
閉める。
外へ出て廊下を歩いていくと、エレベーターホールで只見が待っていた。
目を合わせた二人は、別の階から退勤する捜査員らと一緒にエレベーターに乗り、
下へ向かう。それぞれが事件を扱っていることもあって、中で仕事の話をすることは
少ない。
只見と稲沢も同じで、他人のように黙ったまま一階まで乗り、出入り口でIDカー
ドを通してから退勤する。
そのまま最寄り駅である桜田門へ降りた二人は、東京メトロ有楽町線《ゆうらくちょうせん》の改札を通
り、十七時四十分発の新木場《しんきば》行きに乗り込む。
ここにも警察関係者は多く、二人は何も話さない。

二人が話を始めたのは、有楽町で地下鉄から、山手線に乗り換えてからだ。山手線外回りのやってくる3番線に立っていると、正面がスマホのような列車がやってきた。

「これは新型車両」

稲沢はいいことがあったように少し嬉しそうに言うが、相手が只見では話は大してふくらまない。

「そうなのか？」

吾妻がいれば「何系」とか分かるのだろうが、只見はミリタリーのこと以外は疎《うと》い。

二人の前に列車は停まり、ホームドアと隅々まで黄緑に塗られたドアが左右に開く。

なんとなくラッキーな気持ちを潰された稲沢は、不機嫌な面持ちで中へ乗り込む。

二人が乗り込むと一分もしないうちに、ドアが閉められてスルスルと加速していく。

その素早い加速感を、稲沢は心地よく感じた。

二人は広めにスペースが取られているドア横に並んで立ち、ドアの窓から外を眺める。

「ジャケット替えたのですか？」

稲沢は只見が最近着始めた、工事現場の人たちが冬になったら着るようなグリーンのジャンパーを指差しながら言う。

「あぁ～事件の時に着ていたA2ジャケットに穴が開いちまったからな。修理が終わるまでは、このCWU－36Pさ」

「36P？」

単なる現場ジャケットを変なナンバーで呼ぶ只見に稲沢は戸惑って答えた。

「最新のアメリカ軍のフライトジャケットで、こいつはレプリカではなく本物さ」

只見はニコニコしながらフライトジャケットの前を開いて見せてくれるが、興味のない稲沢には作業用防寒着と区別はつかない。

「本物だと、何かいいことあるんですか？」

少し呆れて稲沢が聞くと、只見はニヒッと笑う。

「こいつはデュポン社開発の耐熱アラミド繊維で作られているから簡単には燃えねぇんだ」

「そんなことがなんの役に立つんですか？　普段の生活でアウターが燃えるような事

態になりませんよ」

冷たく稲沢に突っ込まれても只見は気にしない。

「いやいや、9ミリパラベラムを腹に喰《く》らうことだってあるんだから、次はジャケットが燃える現場かもしれないぜ」

只見が元妻に撃たれた辺りの腹をさすりながら言うと、稲沢はまたも不機嫌になる。

「あの時、もうダメだと心配したんですよ」

稲沢は只見が腹をサブマシンガンで撃たれたのを見て、絶対に死んでしまったと思ったのだ。

只見はガハハと笑う。

「あの日は爆弾くらい作ってやがるかもしれないなと思ってさ。そんな自作爆弾の暴発を喰らうのも嫌だなって、自前の防弾ベストを着ていったのさ。タイプⅡ程度の安もんだったけどよ、弾頭が手作りの九ミリ程度だったから助かったな」

只見はあの日シャツの下に防弾ベストを着ていたことで、元妻からの銃撃を腹に受けたが助かったのだ。

「自前で防弾ベストを持っているのですか？」

稲沢からすれば、そんなものを一般人が買えることさえ知らなかった。

「えっ？　コレクションとしていくつかあるぞ」

稲沢は右手を額にあてた。

「だったら、すぐに起きて元妻を抑えてくれればよかったんじゃないですか？」

「お前なぁ。防弾ベスト着てりゃなんのダメージも受けないわけじゃないんだぞ。あんなの腹に喰らったら、しばらく息もできねぇって……。まるでヘビー級ボクサーのボディブローのようだったぜぇ」

なぜか只見は、その時の感覚を味わうように、首を左右に揺らしながら語った。

稲沢は右手を額にあてたまま呆れた。

その時、山手線の列車は大崎駅に十八時四分に到着し、ドアが開くと二人は外へ出た。

ホームからエスカレーターで改札階へ上がった稲沢らは、一週間前に大変な目に遭った南改札口へと向かった。

破壊された中央の自動改札機は交換されていたが、周囲の壁や天井の弾痕はそのままだった。

最初の頃はたくさんの人が携帯カメラを向けていた事件現場も、今となっては日常の中へ埋もれてしまい、気にするのは外国人旅行客くらいだった。

サラリーマンとＯＬは気にすることもなく足早に家路を急ぐ。

二人はそんな状況を見回しながら、交通系ＩＣカードをセンサーにあてて通る。

「まだ、手つかずって感じね……」

別に稲沢のせいではないが、なんとなく申し訳なく思ってしまう。

「機械は交換すりゃすむけど、壁とか床はまとめてやるしかないもんなぁ」

パテやモルタル、ガムテープなどで、とりあえず補修されている跡を見ながら只見はぼやいた。

南改札口を出てから右へ曲がり新西口へと向かう。

新西口に建っている駅ビルに入って、稲沢は小さな仏花と線香を買う。

駅ビルから外へ出ると、駅のほうから吾妻と大村が並んで歩いてきた。

稲沢と只見は駆け寄って、手を挙げずに頭を下げて敬礼を行う。

吾妻は稲沢の手元を見る。

「稲沢君、花を買ってきてくれたんだね」

「この事件には、色々と思うことがあったので……」

稲沢が目を伏せると、大村が静かにうなずく。

「それも刑事としちゃ大事なことさ」

「……大村さん」

吾妻は稲沢に微笑みかけた。

「じゃあ、行こうか」

吾妻を先頭にしてテッパンのメンバーは、左にフェンスの並ぶ二車線道路の歩道を歩いていく。

ダダン！　ダダン！　ダダン！　ダダン！

フェンスの向こうを銀の車体にオレンジと緑ラインの入った湘南新宿ラインの車両が走り抜けていく。

「今回の事件は徳島幸雄の元妻、両毛美香が一人でやったことだったとは驚きでしたな」

吾妻のすぐ後ろを歩く大村が言う。

「そもそも、この事件は六年前の湘南新宿ライン脱線事故がスタートだった。善行のアパートに住む徳島幸雄と美香には三月という娘がいた。事故によって重傷を負った三月は、将来を悲観して病院で飛び降り自殺をしてしまったわけだ」

そんな気持ちを大村は酌む。

「親として分かりますが、子供に自殺されるなんてことは、最もやり切れない気持ちになりますからな」

「元妻である美香の自供によると……。事故の裁判を傍聴していた徳島夫婦は、三月が自殺したことで、『じゃあいったい誰が悪かったんだ!?』と毎日言い合いになったらしい」

吾妻は少し遠くを見つめた。

「そんな日が続けば離婚もするでしょうな。『どうしてあの日、あの列車に乗せてしまったのか?』と残った自分たちを責め合うでしょうから……」

「離婚して一人になった幸雄のほうは、娘を失ったショックから、娘に重傷を負わせた湘南新宿ライン脱線事故について独自で調査し始めた」

「アパートには列車事故に関する大量の資料がありましたよね……」

一番後ろを歩く稲沢が言う。

「運輸安全委員会から出された湘南新宿ライン脱線事故の報告書は、僕も読んでみたことがあるが、読んでみても事故原因はサッパリ分からない」

吾妻は首だけ回して歩く。

「それはどうしてですか?」

「大規模な航空、鉄道、船舶事故が発生した場合、運輸安全委員会が事故原因究明を行い報告書をまとめるんだが他国と比べるとあまり出来はよくない」

「出来がよくない？」

稲沢は首を傾げる。

「日本では『誰がミスしたのか？』という犯人捜しの部分に焦点が置かれることが多いんだ」

「報道もそうですよね……」

「事故が起きたら、運転や操縦をしていた個人を調べて、さらし者によくしていますもんね」

首の後ろに両手を組み只見は言う。

「海外の事故調査は『人間はミスを犯すもの』と考えて、事故を起こした航空、鉄道、船舶が、なぜ人間にミスを犯させたかという視点で徹底的な機械側のチェックを行うんだ。事故は貴重な教訓として今後の開発にフィードバックしようとしている」

前を歩く吾妻の頭を大村は見上げる。

「そんな運輸安全委員会の出した調査報告書を読んだ徳島幸雄は納得できなかったわけですな。そして、ネットなどで流布されている情報まで調べているうちに『事故は車両の設計ミスだ』との結論に辿り着いたと……」

四人は新幹線が上を通るトンネル内を歩く。

「報告書では犯人とされた運転士が事故で既に死んでしまっていたことも、徳島幸雄を今回の事件へと駆り立てた原因の一つだろうね」

「死亡した運転士が原因では、納得して諦めるしかありませんからな」

「事故の原因が『車両の設計ミス』と考えた徳島は、車両設計の責任者としてメディアへの露出も多かった北王子さんのせいだと考えて復讐《ふくしゅう》の準備を始めたんだ。そして、単に北王子さんを殺すだけでは『湘南新宿ライン脱線事故は車両の設計ミスだった』という主張が広がらないと考えた徳島幸雄は、事故の七回忌に合わせることにしたんだろう」

吾妻の顔を見た全員がうなずく。

「海外のテロ事情を調べた徳島幸雄は『機関銃乱射テロ』を計画したんだ。サバイバルゲームなどに参加することで、ミリタリー関係者と付き合い出した幸雄は、そこで、痴漢冤罪事件で燻《くすぶ》っている日高を見つけ、こういった連中の主張が陽動作戦に使えると思ったんだろうね」

「サブマシンガンをどこから手に入れたんでしょうか？」

大村は吾妻に聞く。

「元妻の美香はアパレルの輸入関係の仕事をしているからね。アジアからコンテナごと買い付けるようなこともしていたらしいよ」

只見は吾妻を見た。

「そんなルートを使って、幸雄はフィリピンか中国から輸入するコンテナに、部品を少しずつ混ぜて集めたわけですね」

「あの程度の短機関銃なら大した部品点数ではないからね。なんとか短機関銃を作るところまではできたが、七回忌まであと半年のところでガンで倒れて緊急入院してしまう」

そこの事情については、両毛美香の供述をまとめている稲沢がよく知っていた。

「死ぬ直前、徳島幸雄は元妻の両毛美香だけを病床に呼んで、全ての計画を伝えたそうです。美香は幸雄の計画に従って準備を続け、最終的に今回の事件を起こしたと証言しています」

少し顔の曇った稲沢に、大村は諭すように話しかける。

「おめぇにはまだ分からねぇかもしれねぇが。たとえ離婚をしていたとしても、死んだ娘の恨みを晴らすために再び力を合わせるようになるつうのは俺には理解できるぜ。両毛美香は叶えてやることにしたんだな……死んでいく元旦那の遺志を……」

吾妻は話を続ける。

「僕が最初に違和感を覚えた原因はここにあったんだ。計画は徳島幸雄が立て、実行は元妻の両毛美香が行っていたから、そう感じたんだろうね。そして、周りには徳島幸雄が死んだことは知らせず、善行のアパートに移り住んだ美香は、家賃を払いながら犯行準備を続け、幸雄が参加していたサバイバルゲームチームにも参加するようになる。そこで、紀勢とも知り合い『横浜駅前付近でサバイバルゲーマーによるフラッシュモブをするから』と言って横浜駅に呼んだらしい。川崎の交番に現れた女も同じチームの仲間だそうだ」

「日高と一緒にSNSの写真に写っていた美人の一人は、両毛美香だったんですね？」

吾妻はうなずく。

「そこで痴漢事件でまともな仕事にもつけずにいた日高に弾薬の製造を依頼した。日高は高額な報酬に釣られて仕事を受けたのだ」

「その時の会話がボイスレコーダーに残っていたんだな。ですが、テロ前日に弾薬を美香に渡しに行った日高は、そこで痴漢にされてしまったわけですな」

大村はフムと鼻から息を抜く。

まだあまり自供していない両毛美香だったが、日高の件について「自分が叫んで痴漢にした冤罪事件です」と早々証言していた。

東京・神奈川短機関銃乱射事件が、この一週間大きく取り扱われ、主犯の美香が日高の件について証言したことで、その疑いは一気に晴れていた。

「大崎から逃げ出した痴漢被害者女性は両毛美香だった……。でも、どうしてそんなこと？　口封じのために殺したのでしょうか？」

大村に聞かれた吾妻はフッと笑って首を左右に振る。

「さすがに両毛はそこまでの女じゃないよ。取り調べでは、機関銃乱射事件の最中、計画の内容を知らなかった日高が、驚いて警察に飛び込み『両毛美香に弾薬を提供しました』と自首されては困ると考えたからと言っているらしい」

大村はポケットに手を突っ込む。

「この計画は犯人が正体不明の者でないと実行できませんからな。だから、美香は事件の最中だけ、痴漢容疑者として日高が逮捕勾留《こうりゅう》されてくれればいいと考えたわけだ」

「たぶん、その程度のことだったんだろうね。だからこそ、事故とは言え殺してしまったことへの謝罪として、警察への脅迫の際、最初に日高の汚名返上を要求したんだ」

線路に沿って右へ大きく曲がっていく道路を歩いていくと、東京総合車両センターの建物が見えるようになる。

「日高を殺すことにはなってしまったが、犯行日の前日である一月二十七日には短機関銃と弾薬を揃えることができた。これで二十八日の式典で機関銃乱射事件を起こせばいいだけだと考えていたが……」

吾妻は只見を見る。

「そこへ俺たちが家へ行ってしまったわけですね」

「両毛美香は短機関銃による銃撃で、その場から逃走できたのはよかったが、このままでは都内の駅での警備レベルが高くなり、綿密な手荷物検査や厳しい職務質問をされては実行が難しくなると思った」

「徳島や両毛にとっても、一月二十八日はいわば娘の命日ってことですから、実施は二十八日じゃないと意味がなかったんですよね」

「式典は事故にあったすべての人にも伝えられていたからね。そこに責任者である北王子が確実に出席すると考えたんだろう。こういった事態になった場合にどうすべきかを、幸雄は考えていた。自ら警察へ電話して脅迫事件を起こすことで、我々を混乱に陥れ、大崎での警備を手薄にして機関銃乱射事件を起こしやすくしようと考えたのだろう。実際、その作戦は成功したわけだから」

三人がうなずくのを見てから吾妻は続ける。

「あとは事件の通りだね。両毛美香は単に陽動作戦として脅迫事件を行うだけだから簡単なものさ。金を要求して次々と受け取り場所を増やしていく。こうすれば警察は多くの人員を広範囲に送らなくてはならなくなる。美香としては金を受け取る気はないのだから、特に難しいことはない。ただ、事件を起こす十九時半まで警察を振り回せばよかっただけなのだからね」

そこで四人は白い慰霊碑の立つ、湘南新宿ライン脱線事故現場に着いた。まだできたばかりの慰霊場はキレイで、御影石で作られた慰霊碑はピカピカに輝いていた。

四人は献花を行って線香をあげた。

ここへ来るというのは誰が言い出すでもなく、事件が一段落した時にテッパン内でなんとなく行かなくてはいけない雰囲気になっていた。

一しきり祈った四人が目を開けると、只見が口火を切る。

「しかし、夫婦の思い込みで日高が死に、大崎駅には大きな被害……今回の事件はやれやれですね」

「いや、二人の思い込みだけでもないよ」

そういう吾妻を只見は驚いた顔で見つめる。

「稲沢君の報告にあった両毛美香の主張する『脱線原因は空気バネ台車』というのは完全に否定してしまえるような話でもない……まぁ、あくまで事故原因とされる説の一つとしてだがね」

「そうなのですか、警視」

「空気バネ台車は柔らかいゴム風船の上に車体が載っているような構造だ」

「駅で客が乗り降りするだけで、最近は車体がフラフラ大きく揺れるようになったじゃねえか。あれは空気バネ台車のせいだ」

大村は少し怒った口調で言った。

「ボルスタと呼ばれる枕ばりをなくせば重さ一トンほども一気に軽量化できる。軽量化によって部品点数は大幅に減らされ、メンテナンスコストも下がるというのが空気バネ台車を採用した理由さ」

「そんな車両を設計し、経費削減に成功したことで北王子さんは社内で高い評価を受けたわけですよね」

「だが、台車を軽量化すれば重心が上がることになるから、仕方なく車体も軽量化しなくてはいけなくなるのさ。だが車体側には空気バネ台車のように新発明はないのだから、肉を削るような軽量化が際限なく行われることになる。それでも、今までの車両の位置に重心は戻せない」

三人の顔を見て吾妻は続ける。

「そして、空気バネ台車は横揺れを増幅すると言われている」

「新型車両なのに、揺れが大きいんですよね」

揺れが大きいことは乗客らも言っていたし、稲沢自身も肩をぶつけるくらいの揺れを感じていた。

「多くの運転士がポイントの通過時や曲線で『長めの揺れが発生し一時的に大きくなった』と感じていると聞くがね……」

稲沢は真剣な目で吾妻を見つめた。

「では、警視は湘南新宿ライン脱線事故をどう見ていらっしゃるんですか？」

吾妻は少し上向きながら答える。

「これはあくまで個人的見解で一つの説として聞いてくれ。確かにこのカーブにオーバースピードで入ったことは最も大きな原因だが、今までの車両だったらあんな事故にはなっていないだろう。高速度で急カーブに入ったことで、空気バネの外側だけが異常に縮まり、ブレーキをかけた瞬間、空気バネが弾けて車体が暴れて脱線したのかもしれないね……無論、それが事故原因の一つだと疑われているからといって、車両設計者を殺していい理由にはならないが……」

「はい……警視」

「刑事をやっていると、心情的に分かってやれる犯罪者にも出会う。だが、そんな犯罪を許せば、悲しみの連鎖が続く」

「悲しみの連鎖？」

「徳島らにとって北王子さんは、安全性に少し問題のある車両を設計した人かもしれないが、彼を愛している人たちもいる。もし大崎で北王子さんが殺されていたら、そういう人たちが今度は、両毛美香を殺そうとするだろうからね」

そこで話を切った吾妻は、三人の顔を見た。

「簡単に言うと、悲しみの連鎖を断ち切ってあげるのが警察という仕事なんだと、僕は思っている」

吾妻の顔を見た三人は、深くうなずいて答えた。

「ちなみに北王子さんも努力はしていたんだ」

吾妻は微笑んだ。

「空気バネを制御するために、自動高さ調節弁や上下動ダンパ、異常上昇ストッパーなどを取り付けて異常振動をなんとか抑え込もうと改良していたんだから、本当に事故のことはかなり反省して、真摯に対応していたと思うよ」

「そろそろ行きますか？　警視」

大村の合図で四人は再び大崎へ向かって歩き出す。

一番最後をついて歩いていた稲沢は、しばらく歩いたところで、ふっと振り返った。

白い慰霊碑は照明を受けて輝いていた。

その前を多くの車や人が通るが、その碑を見つめる者はいない。

立ち尽くす稲沢が空を見上げると、数個しか星のない都会の暗い星空が見えていた。

本作品は、二〇一七年十月に小社より講談社ノベルスとして刊行されたものです。

|著者|豊田 巧　1967年大阪府生まれ。ゲームメーカーで電車運転ゲームなどの宣伝プロデューサーとして活躍。2009年『鉄子のＤＮＡ』で作家デビュー。代表作に「電車で行こう！」（集英社みらい文庫）、「RAIL WARS！―日本國有鉄道公安隊―」（創芸社クリア文庫、Ｊノベルライト文庫）、「きっぷでGo！」（ポプラポケット文庫）各シリーズ、『鉄警ガール』（角川文庫）、『南の島のカノン』（徳間書店）、『レールアテンダントガール 車内販売にまいりました！』（ＬＩＮＥ文庫）、『警視庁鉄道捜査班　鉄血の警視』（講談社文庫）など。

警視庁鉄道捜査班《けいしちょうてつどうそうさはん》　鉄路《てつろ》の牢獄《ろうごく》

豊田《とよだ》 巧《たくみ》

講談社文庫
定価はカバーに
表示してあります

2019年10月16日第１刷発行

発行者――渡瀬昌彦
発行所――株式会社　講談社
東京都文京区音羽2-12-21　〒112-8001
電話　出版（03）5395-3510
　　　販売（03）5395-5817
　　　業務（03）5395-3615

Printed in Japan

デザイン―菊地信義
本文データ制作―講談社デジタル製作
印刷―――豊国印刷株式会社
製本―――株式会社国宝社

落丁本・乱丁本は購入書店名を明記のうえ、小社業務あてにお送りください。送料は小社負担にてお取替えします。なお、この本の内容についてのお問い合わせは講談社文庫あてにお願いいたします。

ISBN978-4-06-517183-7

講談社文庫刊行の辞

二十一世紀の到来を目睫に望みながら、われわれはいま、人類史上かつて例を見ない巨大な転換期をむかえようとしている。

世界も、日本も、激動の予兆に対する期待とおののきを内に蔵して、未知の時代に歩み入ろうとしている。このときにあたり、創業の人野間清治の「ナショナル・エデュケイター」への志を現代に甦らせようと意図して、われわれはここに古今の文芸作品はいうまでもなく、ひろく人文・社会・自然の諸科学から東西の名著を網羅する、新しい綜合文庫の発刊を決意した。

激動の転換期はまた断絶の時代である。われわれは戦後二十五年間の出版文化のありかたへの深い反省をこめて、この断絶の時代にあえて人間的な持続を求めようとする。いたずらに浮薄な商業主義のあだ花を追い求めることなく、長期にわたって良書に生命をあたえようとつとめるところにしか、今後の出版文化の真の繁栄はあり得ないと信じるからである。

同時にわれわれはこの綜合文庫の刊行を通じて、人文・社会・自然の諸科学が、結局人間の学にほかならないことを立証しようと願っている。かつて知識とは、「汝自身を知る」ことにつきていた。現代社会の瑣末な情報の氾濫のなかから、力強い知識の源泉を掘り起し、技術文明のただなかに、生きた人間の姿を復活させること。それこそわれわれの切なる希求である。

われわれは権威に盲従せず、俗流に媚びることなく、渾然一体となって日本の「草の根」をかたちづくる若く新しい世代の人々に、心をこめてこの新しい綜合文庫をおくり届けたい。それは知識の泉であるとともに感受性のふるさとであり、もっとも有機的に組織され、社会に開かれた万人のための大学をめざしている。大方の支援と協力を衷心より切望してやまない。

一九七一年七月

野間省一